最後は会ってさよならをしよう

神田 澪

KADOKAWA

はじめに

「本を読みたいとは思っているけれど忙しい」「疲れていると長文を読むのがつらい」――そう感じたことはありませんか？　この本は、誰でも手軽に読める１４０字ぴったりの超短編小説を集めたものです。私がこれまで千篇以上書いてきたものの中から厳選して掲載いたしました。

読み方は自由。１ページに一つの独立した物語が掲載されていますので、どこから読んでも大丈夫です。好きなページをパッと開いて読んでみていいですし、寝る前に１篇ずつ読み進めていただくのもよいと思います。

なぜ１４０字ぴったりで書くのかとよく聞かれますが、それは日本版Twitterの文字数制限がちょうど１４０字であるからです。俳句や短歌を詠む場合、既定の形式よりも字数が多い、いわゆる字余りが起きることもありますが、Twitterでの投稿（ツイート）は、１４０字以下で書くことはできても１４０字以上書くことはシステム上、できません。つまり、システムの仕様が物語の形式を作ったのです。書籍化に際し、これまでの投稿作品に大幅な修正を行っていますが「１４０字ぴったり」という形式を守り、全ての字数を１４０字で揃えています。

そして、この本の見どころは１４０字の物語だけではありません。出版に際して書き下ろした「連作」は１４０字の世界をさらに広げるための新しい試みです。それぞれのお話は１４０字で完結しますが、続けて読むことでもう一つの大きな「物語」が見えてくるようになっています。また、本の後半には初公開となる中編、短編、さらにエッセイも掲載しています。

ページをめくるたびに空想の世界に飛び、時に長い迷路に迷い込み、時に現実に触れ、過去と未来へ思いを馳せることのできる、まさに「物語の宝石箱」と呼べる本になりました。

それでは、１４０字で紡がれた世界への旅がいよいよ始まります。

Contents

Illustrations
Natsuki Suyama

Book Design
Akane Sakagawa

DTP
Everythink Co., Ltd.

Proofreading
Ouraidou K.K.

Composition
Hitomi Ito

140字の物語

ナチュラル

彼氏と別れてスッキリした。

何度も泣いて喧嘩をして、けれど最後は離れる覚悟を決めた。
彼好みの長い髪を切って一人旅へ。

旅立ちの朝、昔のように濃いメイクをしようとして、
手が止まった。
ナチュラルな色のコスメしかない。

使い慣れた桜色のリップを伸ばす。
鏡に映る私は、まだ彼の色に染まっていた。

別れ代行サービスを始めた。

モラハラ気質な恋人や、
何年間も付き合っていたため別れを告げにくい恋人などに、
本人に代わり電話で別れを告げるサービスだ。
話し合いが得意な自分には天職だと思っていた。
一本の電話を受け取るまで。

『あの、別れ代行を使いたくて』

その声は、同棲中の恋人のものだった。

別れ代行サービス

名刺

彼の財布から名刺がはみ出ていた。

名刺入れは別に持っているはずなのに。

「それ誰の名刺？」

机の上に置かれた財布を指差すと、彼は分かりやすく狼狽《うろた》えた。

「こ、これはお守りというか」

まさか何か隠しているのか。

問い詰めると、渋々こちらに渡した。

数年前の、ただの取引先だった頃の私の名刺だった。

一枚の重さ

ある年、大規模な通信障害が起きた。
何日も復旧せず、街行く人はみんな不安げ。
生まれて初めて新聞を買い、一日に何通もの手紙を書いた。
けれど、君だけが返事を寄こさない。
飛行機のチケットを取った夜、やっと手紙が届く。
『綺麗に書けなくて何度も書き直しました』
そうだ、君はそういう性格だった。

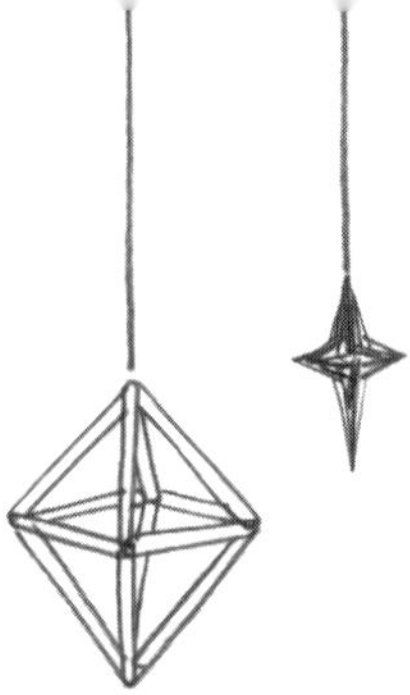

絶対に恋人ができる呪文

「絶対に恋人ができる呪文知ってる？」

どうしたら恋人ができるだろうと聞いた僕に、
美人でモテると評判の友人は自信ありげにそう言った。

「知らない。どんな呪文？」

「相手に好きって言うの」

僕はため息をついた。
それで上手くいくのは君だけだ。

「僕には無理」

「嘘じゃないよ。試しに私に言ってみて」

書けない書類

夕暮れの事故が妻の命を奪った。

あれから半年。
家に帰るたびに涙した夜を越え、前を向こう、と思い始めた十二月。
会社から書類の訂正を求められた。
僕は狼狽えて聞いた。

「配偶者の有無、無にマルですか?」

担当者は頷いた。
指先が震える。
妻はプロポーズを泣いて喜んだのに。
僕の妻は、あの人なのに。

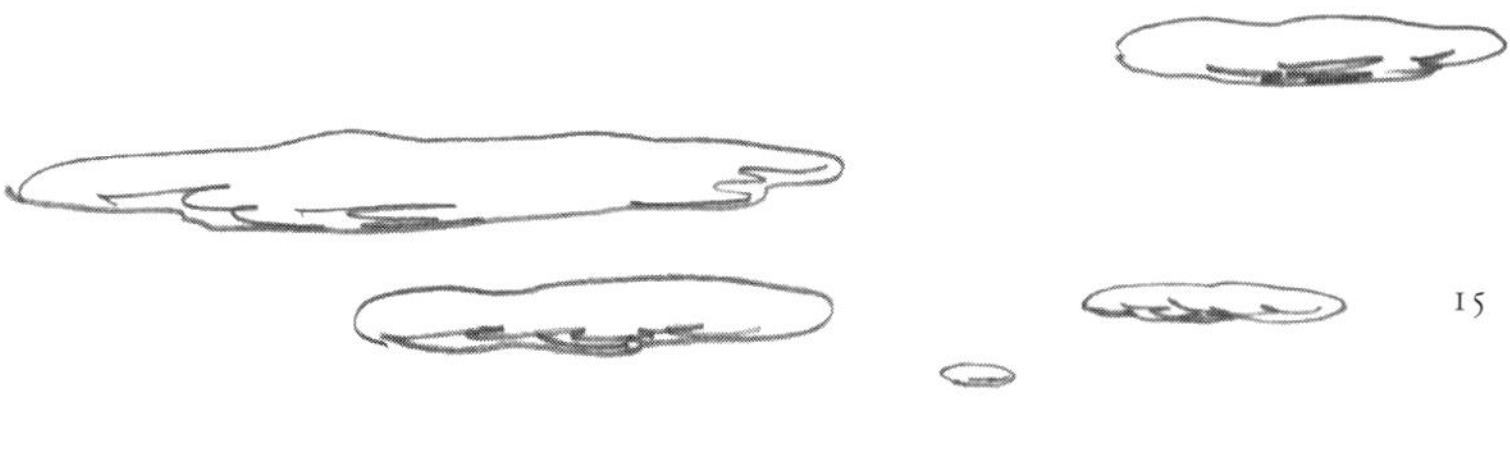

覆面バンドのギターを担当していた。
出した曲は売れに売れた。

けれど人気絶頂の中、まさかの余命宣告を受けた。
今は別のギタリストが僕の仮面を被って演奏している。
ファンは誰一人気づかなかった。

静かすぎる病室でスマホを眺める夜。
しつこかったアンチの一人が、弾き方が違うとネットに書いていた。

アンチは覆面の向こう

帽子が似合う人

「見て。この帽子」

彼は店の棚に飾られていたお洒落な帽子を手に取り、私に見せた。

「すげえ似合いそう」

珍しい。いつもは私を褒めないのに。

しかしまだ続きがあった。

「俺に」


その自信の欠片でいいから欲しい。

彼は自分が大好きなのだ。

ため息をつく私に、彼は帽子を被せて笑った。


「俺より似合うわ」

二カ月ぶりに彼の家を訪れた。
ルーズで片付けが苦手な人だから、
こっそり掃除道具を持ってきていた。

けれど開けてびっくり。
部屋の隅々まで綺麗に整えられている。

「二人の時間を大事にしたくてさ」

私のために苦手な掃除を頑張ったらしい。

けれど排水口周りは駄目だった。
見知らぬ長い髪が残っていた。

サプライズ

初デートはファミレスで

初デートでファミレスに行ったらフラれた。

金銭感覚が合うか試したかったが、やはり駄目か。

「はあ。結局カネか」

僕の呟きに、職場の後輩はムッとしていた。

「人によりますよ。試しに私とデートしてみますか？」

疑う僕は再びファミレスに連れて行った。

後輩は言った。

「普通に話がつまんなかったです」

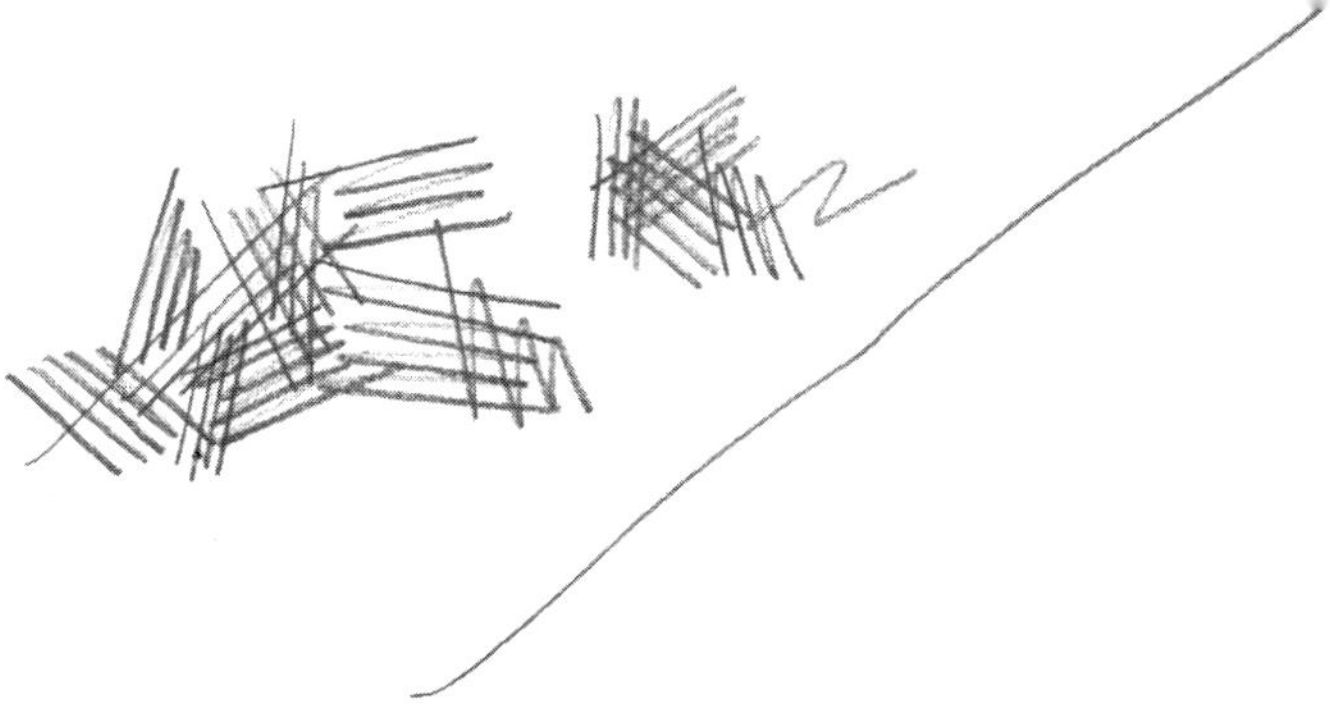

同棲中の彼はほとんど家事をしない。
ありがとうと一言伝えてくれるならまだしも、それすらない。
脱ぎっぱなしの服を見てため息が出た。
離れるべきか。

そんな時、偶然ＳＮＳで彼の裏アカを見つけた。

『いつも彼女が家事やってくれてて感謝』

それを見て私は決めた。
別れよう。
私に言わなきゃ意味がない。

彼は家事をしない

完璧なファン

大好きなアイドルが引退した。
平凡な僕の顔まで覚えてくれた完璧なスター。

夕方、欠けた心を抱えて街を歩く。
今頃あの子もどこかで暮らしているのだろうか。

ふと顔を上げると、信号の向こうに憧れのあの子の姿が見えた。

確かに目が合った。

僕らは無言ですれ違う。
涙を堪《こら》え、僕は完璧なファンになった。

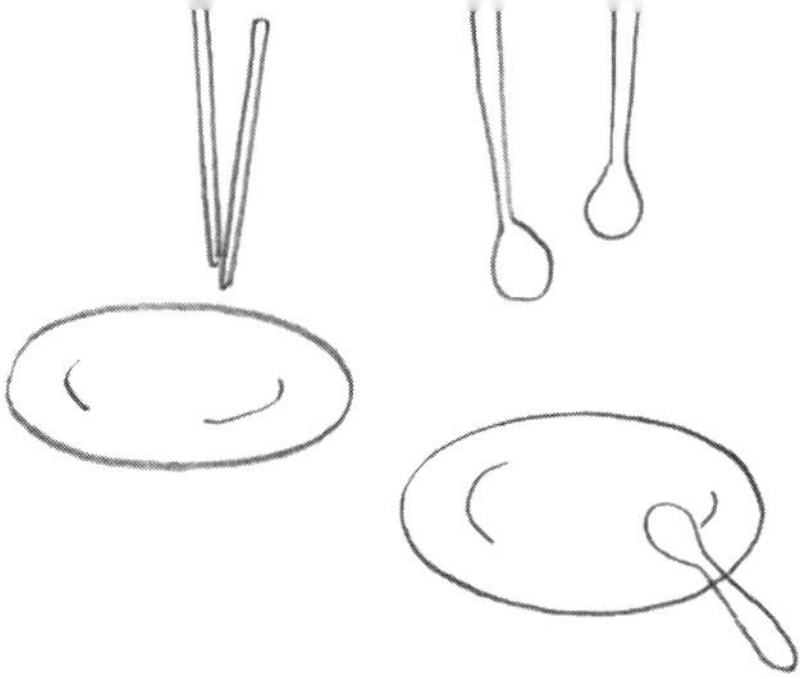

彼が料理を作ってくれた。
リビングで待っていると、たまらなく香ばしい匂いがしてくる。

「お皿持って行って」
彼に言われた通り、次々にお皿を運ぶ。
盛り付けも見事だった。
それも当然、彼は料理のプロなのだ。

「大丈夫?　美味しい?」

彼が素人の私に確認するたび、
好きと言われるよりも愛を感じていた。

二人の食卓

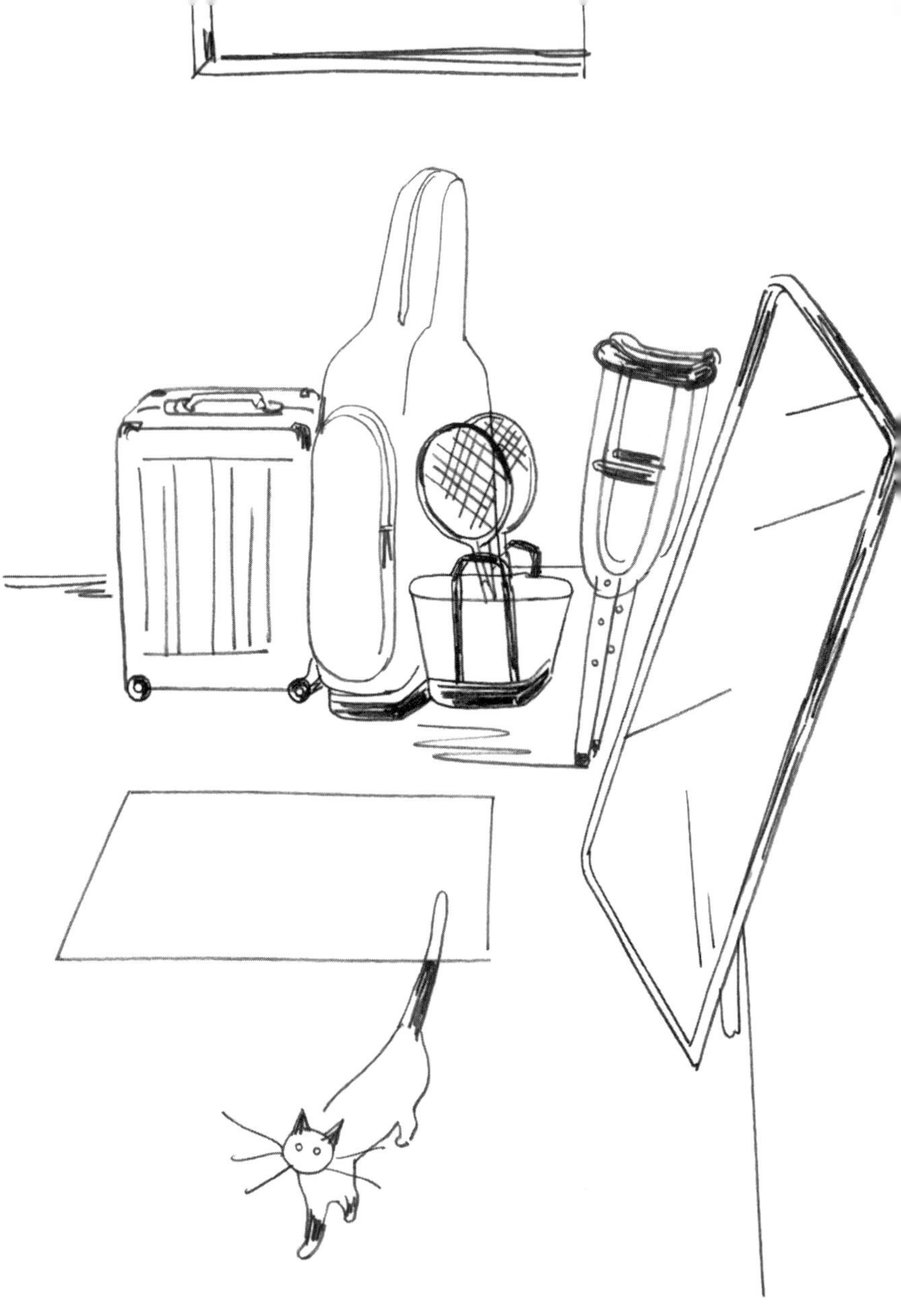

年をとっても手を繋いで歩こう。
そう約束して結婚した。
けれど目尻のシワも増えた今、恥ずかしくて手なんて繋げない。
久々に手を差し出されたのは事故で足を怪我した後だった。
まだ不安定な私の体を支えてくれた。
事故から半年、今日も夕方の散歩道で手を繋ぐ。
お互い怪我は治ったと知っているけれど。

杖と手

人生やり直しボタン

人生やり直しボタンが欲しいと思っていた。
生きていても毎日つらいことばかり。
だから本当にそのボタンが目の前の画面に表示された時、
僕はすぐに手を伸ばした。

指を置いた瞬間なぜか涙が出た。
本当に欲しかったのはボタンではない。
「そんなの押さないで。寂しいよ」と
僕の手を止める誰かだったのだ。

彼女が喜ぶ旅行

最近彼が冷たい。
いつも私に隠れるようにスマホを見ているのが、
気になって仕方なかった。

雨音の聞こえる夜。
気がつくと、彼が置き忘れたスマホに手を伸ばしていた。
検索履歴には「彼女が喜ぶ旅行」の文字が。

外出から帰ってきた彼は、私を抱きしめながら言った。
「そういえば、来週友達と旅行なんだ」

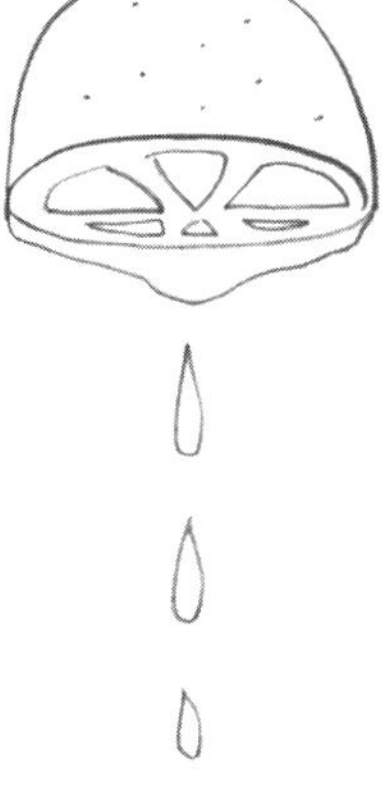

君と君の物語

ある日、作家は神のように世界を書き換えられるようになった。
どんな夢も叶う。
大金持ちになることも。想い人と結ばれることも。

作家には一目惚れした女性がいた。
彼女を伴侶にしようとしたが、その心の内を知ってやめた。
彼女は長く清らかな恋をしていた。

作家は彼女以上に、美しい物語を愛していた。

髪の長い私達

「彼ね、髪を乾かすのが上手いんだ」

初夏、大学の友人はポニーテールを爽やかに揺らした。

「私の髪も、彼がやった方が早く乾くの」

学生で混んだカフェテリアの中、恋する彼女の笑顔はパッと輝く。

「すごいね。器用なんだろうね」

一口飲んだコーヒーは苦かった。

すごいね。

私といた頃は下手だったのに。

絵手紙

画家である父は気難しい。
母に一度も愛の言葉を囁いたことがないそうだ。
もちろん娘である私に対してもだ。

そんな父のアトリエで一枚の絵を見つけた。
絵の中で微笑む女性には見覚えがあった。
幼い私を抱く母だ。
『君達の明日が輝きますように』というタイトルを見て、
母が父のそばにいる理由を悟った。

寿命が延びるおまじない

彼はクールで愛情表現が乏しい。

けれどそれで諦め、納得する私ではない。

「出勤前にキスすると寿命が五年延びるんだって」

そう言って、出かける前の彼を少し屈ませる習慣を作った。

そんなある日。気づけば、彼は外出する準備を済ませ、玄関にいた。

恥ずかしげな顔で振り向いて。

「寿命のやつ、まだ？」

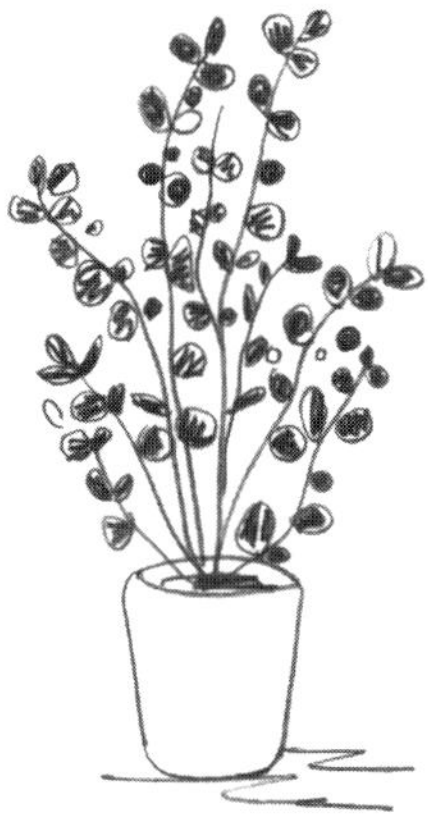

見えなかったもの

僕と彼女はお互い友達が少ない。
それもあって、別れた後も時々二人でお茶をする。

「あれ、こんな顔だったっけ?」

彼女は頬杖をついて僕の顔をまじまじ見た。
ひどい失言だ。
恋愛という魔法が切れて、現実が見えたということか。
彼女はふっと表情を緩めた。

「そっか、家ではコンタクト外してたからだね」

自慢合戦

女子大生の私達がカフェに集まれば、
当然のように自慢合戦が勃発する。
海外ブランドのバッグに限定コスメ。
内容がどうであれ、我々は最高の褒め言葉をかける必要がある。

「以上です」

自慢話を終えた友人は頭を下げた。
家族や恋人に褒めてもらえない私達は、
互いに褒め合い励まし合うと決めているのだ。

君の好きなところ

彼女の誕生日に素直な気持ちを伝えた。
「誕生日おめでとう。朝ご飯を作ってくれるところ、
気遣ってくれるところ、よく連絡をくれるところが大好きです」
喜んでほしかったのに彼女はなぜか浮かない顔。
ついには一粒の涙が落ちた。
「私が好きなんじゃなくて、
私がしてあげることが好きなんじゃないかな」

デートの帰りに

妻がまだ恋人だった頃、よくマックに行った。
夕方になると「小腹が空いたな」と言って僕の袖を引っ張るから。
でも今は寄り道をしない。

「もうマックは飽きた？」

買い物帰りに聞いてみると
「あれはね、話し足りないって意味」と妻は答えた。
そして僕の腕をそっと掴む。

「なんか今日は小腹が空かない？」

いい人

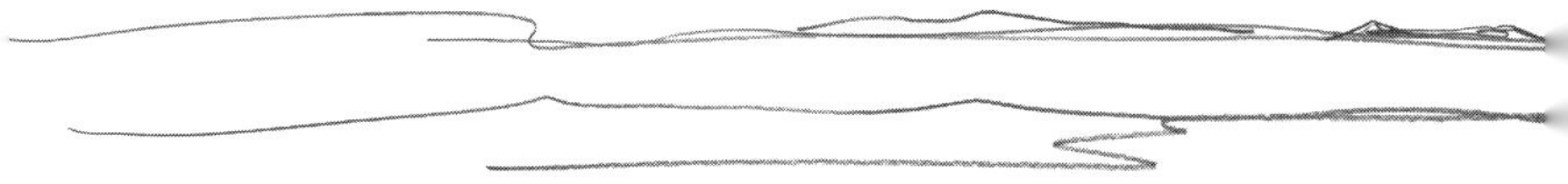

なんとなく、そんな気はしていた。

「今日も楽しかったね！」

改札前、大げさにはしゃぐのは君の顔が暗いから。

私を全然見ていない。

踏切の音が心を騒《ざわ》つかせた。

「俺達さあ、恋人には向いてないかも」

謝るみたいに君は切り出した。

「俺よりいい人がいるよ」

そっか、私のためにいい人にはなれないんだね。

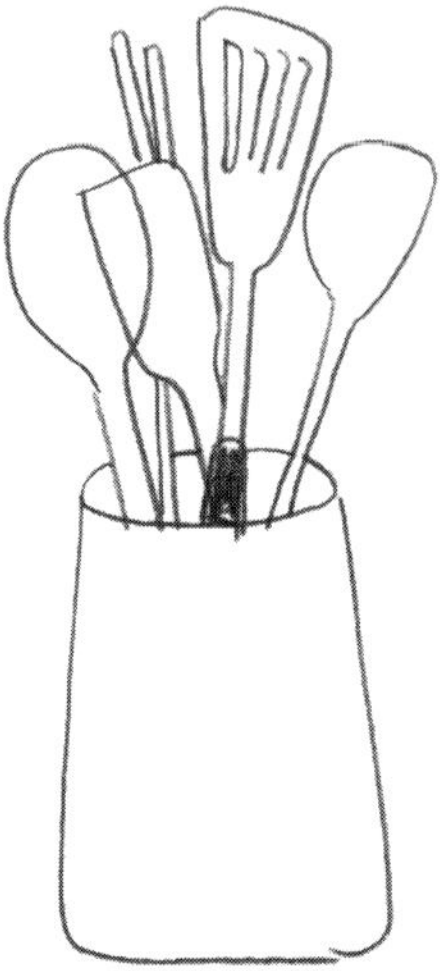

キッチンに立つたびに昔の恋人のことを思い出してしまう。
大げさに褒めてくれるから、いつの間にか料理が好きになった。
本当は面倒臭がりだったのに。

置きっぱなしだった服も歯ブラシも処分したけれど、
思い出は戸棚の中に詰まったまま。

ばかだなぁ私。
一人じゃ使わないのに、こんなに調味料を買って。

戸棚の中にいっぱいの

セーブデータ

ゲームを起動すると、元カノのセーブデータが残っていた。
僕がいない時に遊んでいたようだ。

外は雨、暇潰しにロードしてみる。
登場キャラに変な名前をつけるのがあの子らしい。
パスタ、卵焼き。
みんな料理名だ。

視界が滲み、僕はそれ以上進めるのをやめた。
どれもこれも、僕が褒めた料理の名前だった。

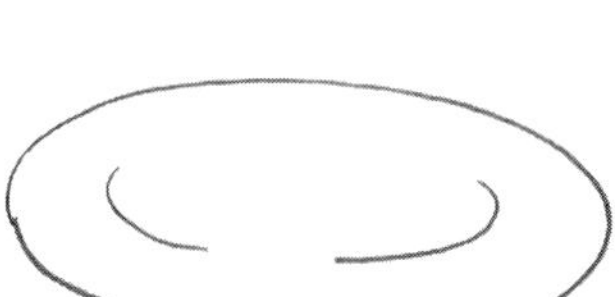

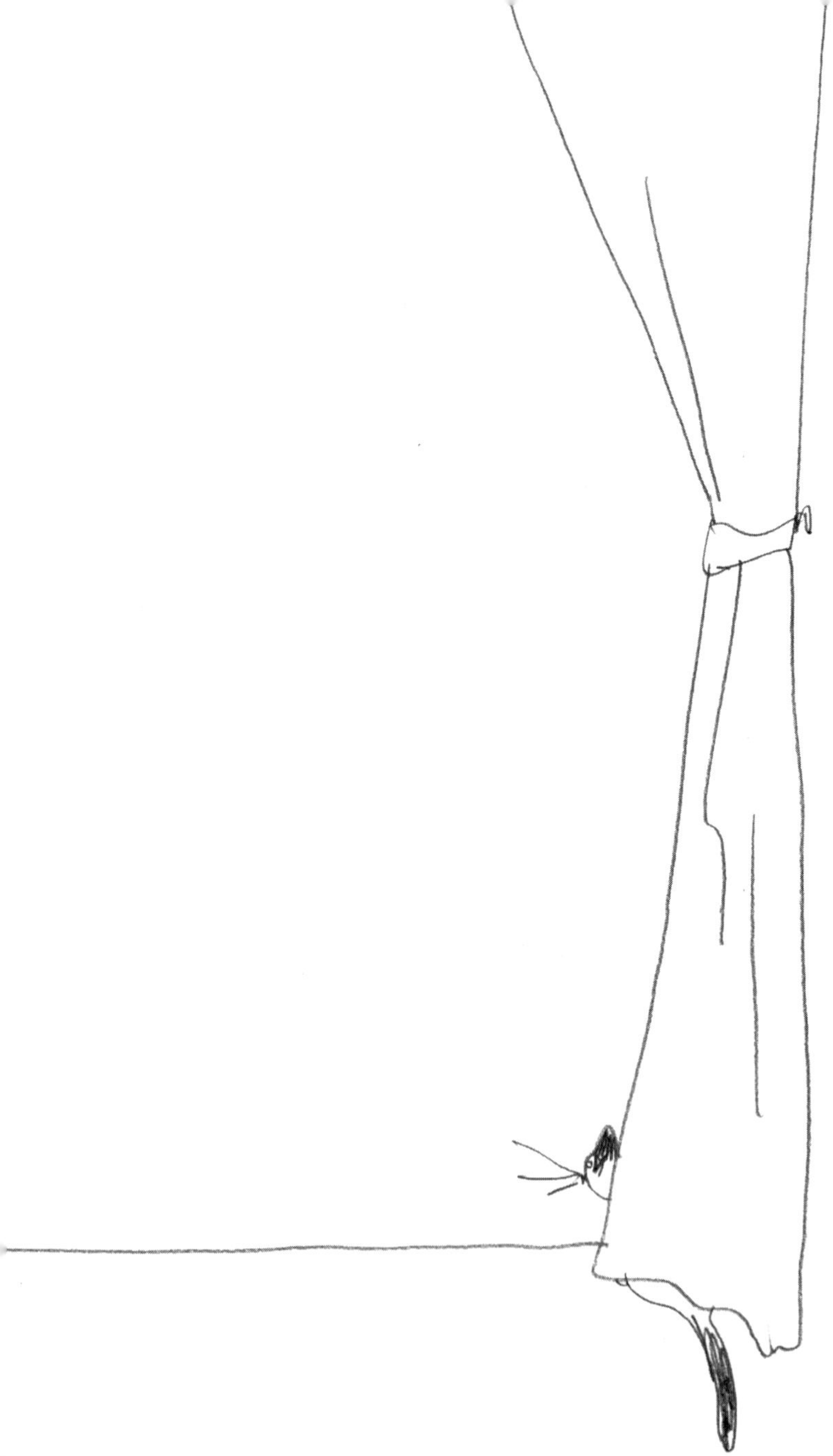

上機嫌な朝

ある朝、彼はいつも以上に上機嫌だった。

朝食を作ろうと台所へ行くと、ぴたりと後ろにつく。

「手伝おうか？」

「いや、いいよ」


素っ気なく断っても笑顔のまま。

宝くじでも当たったのだろうか。

手を洗おうとした時、
ようやく薬指にはまっている見慣れない指輪に気づいた。

「結婚してよ、鈍感な彼女さん」

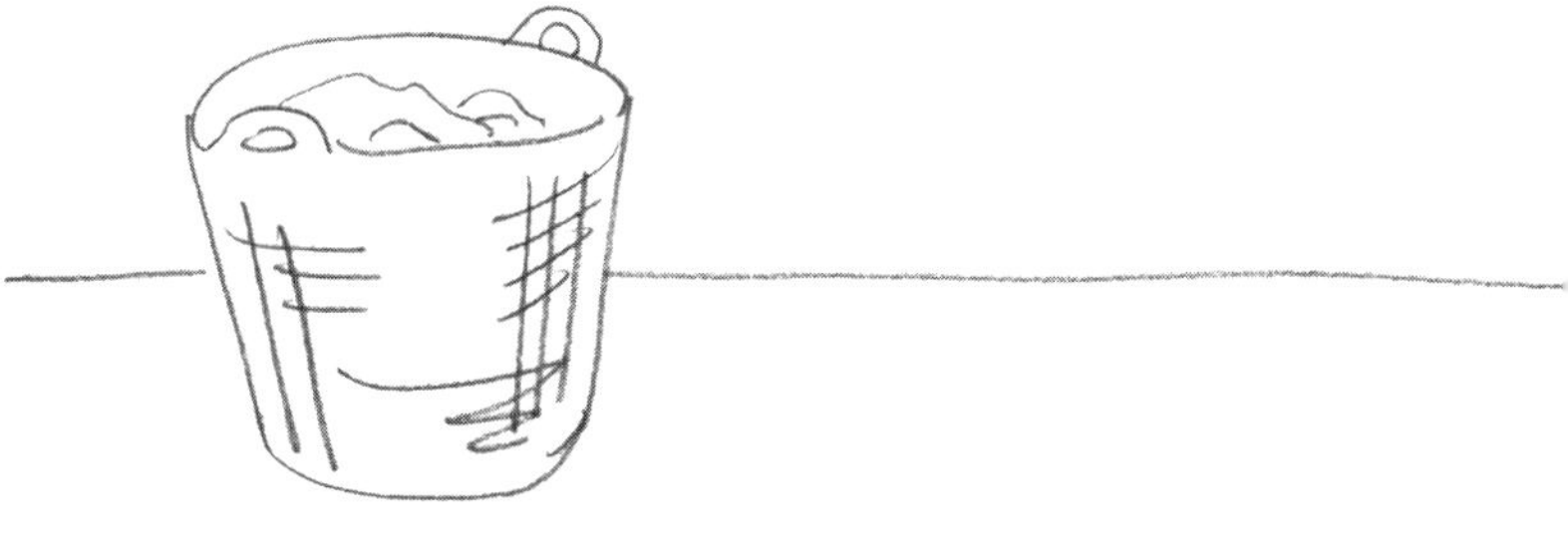

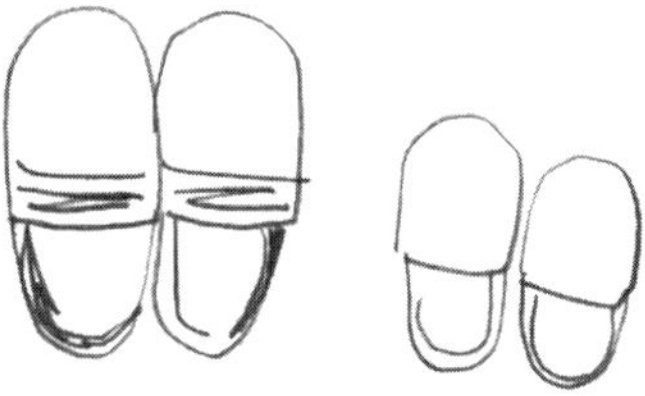

大好きな人にプロポーズされた。
子宝にも恵まれた。
幸せだ。

「パパ、みてみて！」

「お、上手にできたね」

積み木で遊ぶ娘と夫を、ずっと見ていたいような昼下がり。

夫はふらりと台所に来た。

「ママ、何か飲み物ある？」

うんと頷く。

言葉にできない寂しさで胸が詰まった。

彼はもう、私を名前で呼ばない。

幸福な日々

俳優志望の彼

俳優志望の彼は誰よりも努力家だった。

徹底した体作りと終わりなき研究の日々。

その演技力は急成長していた。素人の私にも分かるほど。

ある晩、彼が後輩を連れてきた。

「どうしたら先輩みたいになれますか」

扉越しに聞こえたのは彼の声。

「ずっと演技し続けるんだよ。好きでもない子と付き合うとかさ」

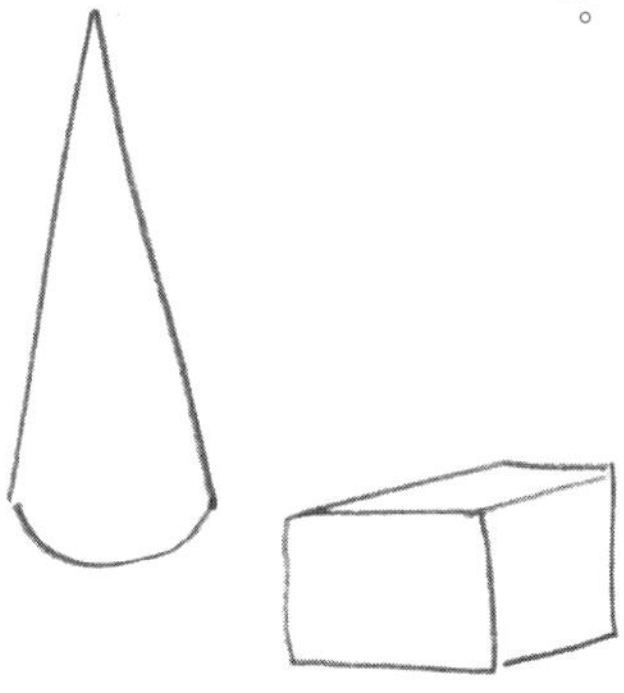

スマートリング

「結婚してくれませんか」

彼は婚約指輪としてスマートリングを贈ってくれた。
ペアとなるリングをはめた相手の心拍が伝わる機能があり、
指に通すと彼がドキドキしているのが分かった。

「こんな私でよければ」
彼がこのリングを選んだ意味を受け取り、
一生大切にしようと決めた。

この冬、彼は戦地に行く。

言葉だけの恋人が嫌で別れた。
私がいなくなっても平気な気がして。

でも優しい人だった。
喧嘩中でさえ穏やかな口調で、
私はそれを、本気の恋じゃないからだと考えていた。
最後のＬＩＮＥを受け取るまでは。

『ごめんね、俺ばっかり幸せだった』

何気ない日常を愛する彼の隣で、私はいつも求めすぎていた。

言葉だけの恋人

夜になったら会いに行く

「夜になったら会いに行くよ」
君はそう言ってくれたけれど、
ついぞ玄関のチャイムを鳴らすことはなかった。
その名の刻まれた石の前に会いに行ってもまだ信じられなくて。
日が沈むたびに君が訪ねて来はしないかと期待した。
夜空を見ると君の笑顔と声を思い出す。
ねえ、もしかして君は夜になったのかな。

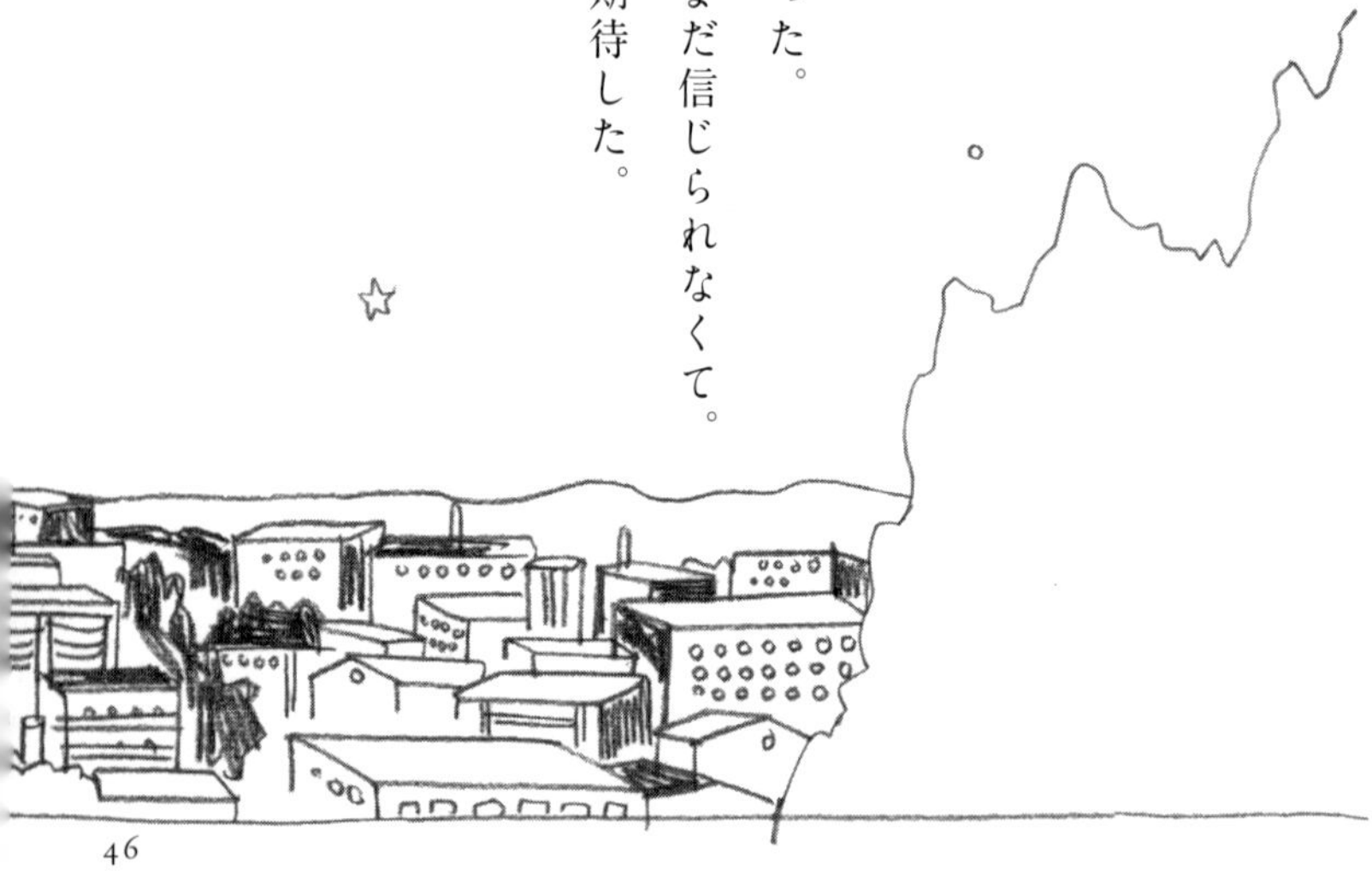

裏アカ

彼氏の裏アカを見つけてしまった。
真っ黒なアイコンに、プロフィール文には
『泣いていいかな？』とある。

彼にこんな繊細なところがあったとは。
どれ私への愚痴でも書いていないかと探すと、
さっそく今朝の投稿を見つけた。

『全然会えない。寂しい』

これは彼と話さなければ。
私は寝室の扉をノックした。

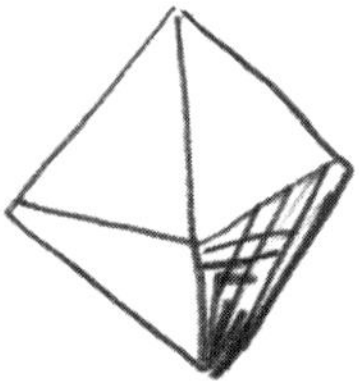

過去整形

愛の形が変わってしまうほど遠い未来、
市民の間では『過去整形』が爆発的に流行した。
就職前、進学前、後ろめたい過去を切り取って縫合する。

しかしながら過去整形を済ませた学生達の
面接突破率はそう高くない。
研究者は語る。

「過去を乗り越えなかった彼らは
精神的に幼くなってしまう傾向があります」

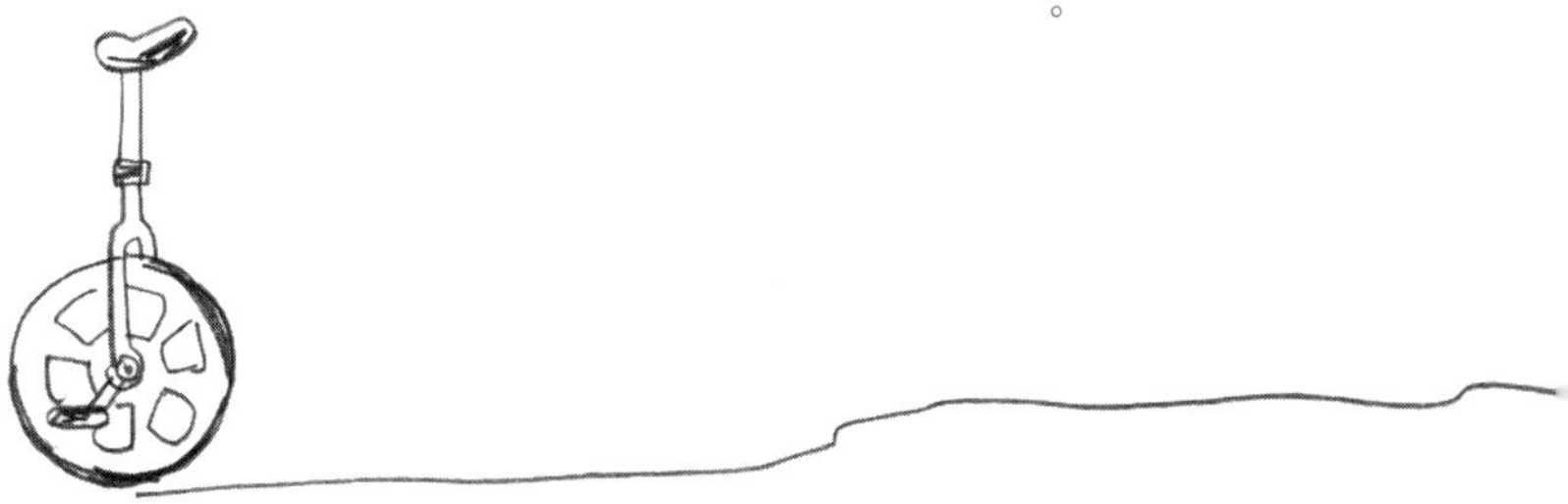

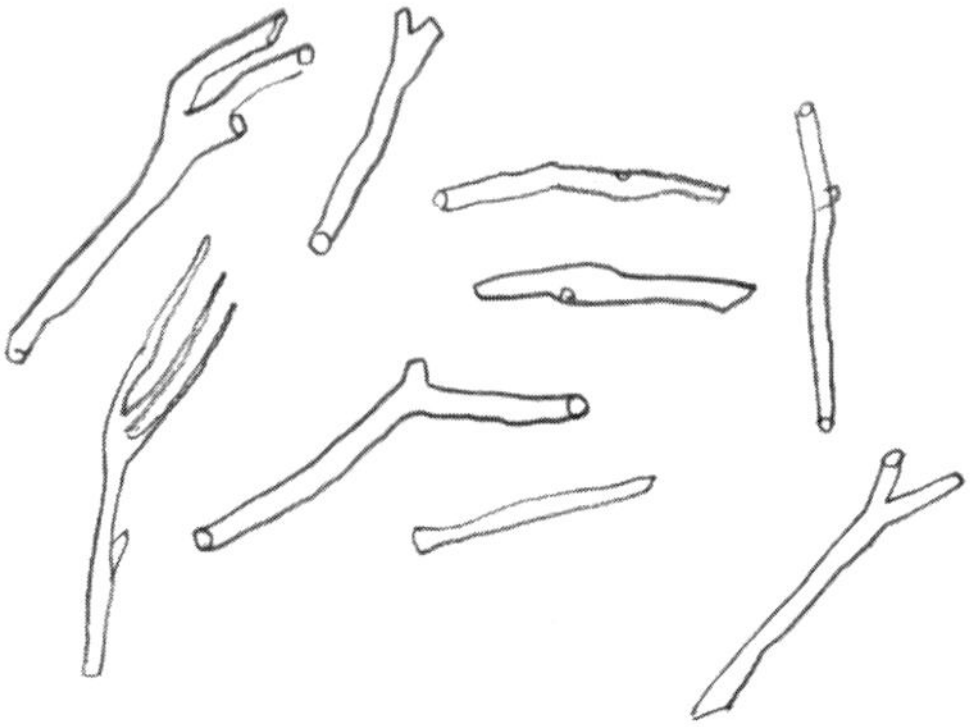

気が弱いモデルのマネージャーをしている。
落ち込みやすい彼女を励ますのが僕の仕事だ。

けれど急にマネージャーを外され、
彼女はその後モデルを辞めてしまった。
去り際、彼女は頭を下げた。

「ずっと辞めたかったけど、
あの励ましに応えたくて続けてました」

僕は晴れやかな表情《かお》をする彼女を初めて見た。

あなたのため

妻は恋愛小説家

妻は恋愛小説家だ。
けれど、彼女の本は少しも読んだことがなかった。
私が死ぬ前には読んでね、と言われていたのに、
彼女は先に亡くなってしまった。
妻の死後、僕は初めて本を手に取り、そして泣いた。
どの本にも僕と似た人物が頻繁に登場する。
僕はいつも、愛よりも孤独を与える人として描かれていた。

ぬるく揺れる

彼は元カノとの思い出が詰まったものをほとんど片付けた。
私のためなのか自分のためなのかは分からない。
けれど、一つだけ手放せなかったそうだ。

「こういうの気にする?」
「ううん。大丈夫」

嫉妬する、なんて言えるはずもない。
強くなりたい。
ゆるやかに泳ぐ金魚の尾ひれに、彼の愛した夏が見えても。

一年だけの交際

「付き合ってもいいけど一年だけね」

告白に対する返事は予想外のものだった。
死ぬほどモテる先輩の恋人になれたのは嬉しいけれど、
まさか期限つきとは。

一年はあっという間だった。
このまま付き合っていても幸せそうなのに、
やはり先輩は今日までと言った。

早く結婚したいというのは本心だったらしい。

彼は私の話を聞いてくれない。
夏の夜、二人きりの部屋で、私は職場で起こった出来事を話した。

「同僚からさ、髪が綺麗だねって褒められて……」
「え、何？　お喋りは後にしてくれない」

はぁい、と答えて静かにする。

忙しいみたいだ。
まあそれも仕方ない、慣れない彼が乾かすには、
私の髪は長すぎるから。

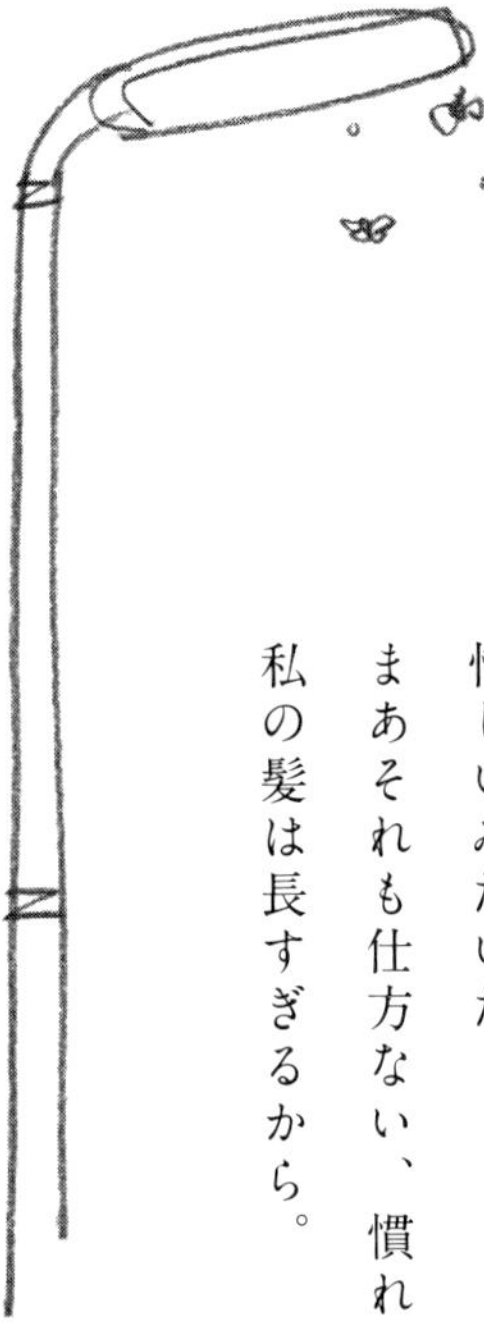

許してあげる

電話に出ない理由

息子に何度電話をかけても出てくれない。
一人暮らしを始めたばかりで心配なのに。
ＬＩＮＥを送ると『ごめん寝てた』と短い返事が来た。

『いつも寝てるね』そう返そうとしたがやめた。

窓の外では夕立が降っていた。
去年亡くなった母が恋しい。
私も同じことを言って、母からの電話に出ない時期があった。

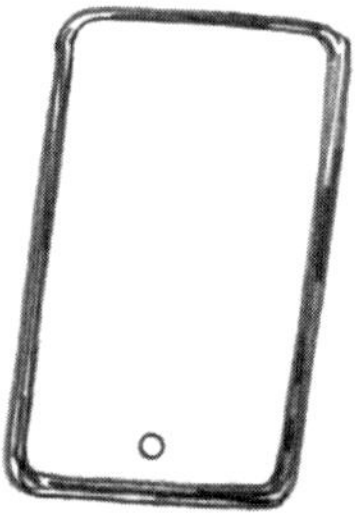

ひどい彼氏

僕はひどい彼氏だ。

「結婚しようねって約束したじゃん……」

彼女は大粒の涙を流した。

僕は何も言い返せない。


「六年も付き合ってさあ」

付き合い始めた時、僕らはまだ制服を着ていた。

大人になってから彼女が泣くのを見たのは初めてだ。


「ねえ連れてってよ、私も一緒に」

彼女は僕の遺影を優しく撫でた。

愛は宝石になる

愛は宝石になる。
想いが深いほど輝きを増すと評判で、贈り物の定番だった。
彼女と共に店へ来た僕は、緊張しながら宝石化した愛を受け取った。

出てきたのは、鈍く光るだけの小石。
彼女は目に涙を溜めて店を出た。
店員も困り顔だ。

「これから磨くところでしたのに。
愛そのものは、美しくありませんから」

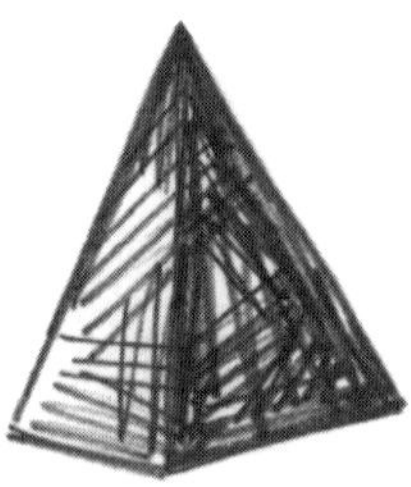

親友との約束

『ずっと親友でいようね』
誕生日プレゼントに添えられていた
メッセージを読んで心が温かくなった。

あの日から十年、今でもよく連絡をとる間柄だ。
嬉しいことがあった時は一番に報告し、
つらい夜は二人で飲み明かした。

だから心に決めている。
この子とずっと親友でいよう、好きだよとは言わないままで。

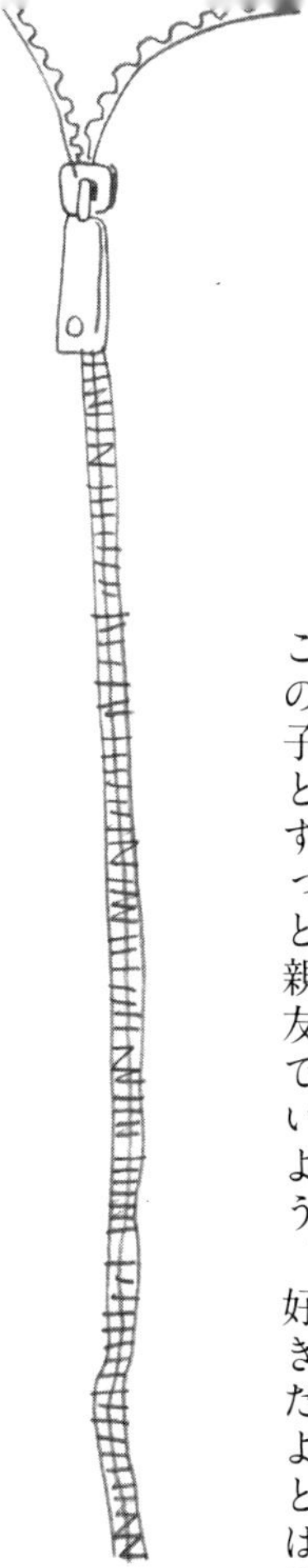

二年と一カ月

「別れたい時は一カ月以上前に報告してね」
「会社かよ」

変な彼女だ。心の準備が要《い》るらしい。
笑い飛ばしていたのに、他に好きな人ができてしまった。

二年目の冬。
別れようと言ってから、僕らは懐かしい場所を巡った。
大切な話もした。

一カ月後、彼女はさよならと手を振った。
僕とは違い吹っ切れた顔で。

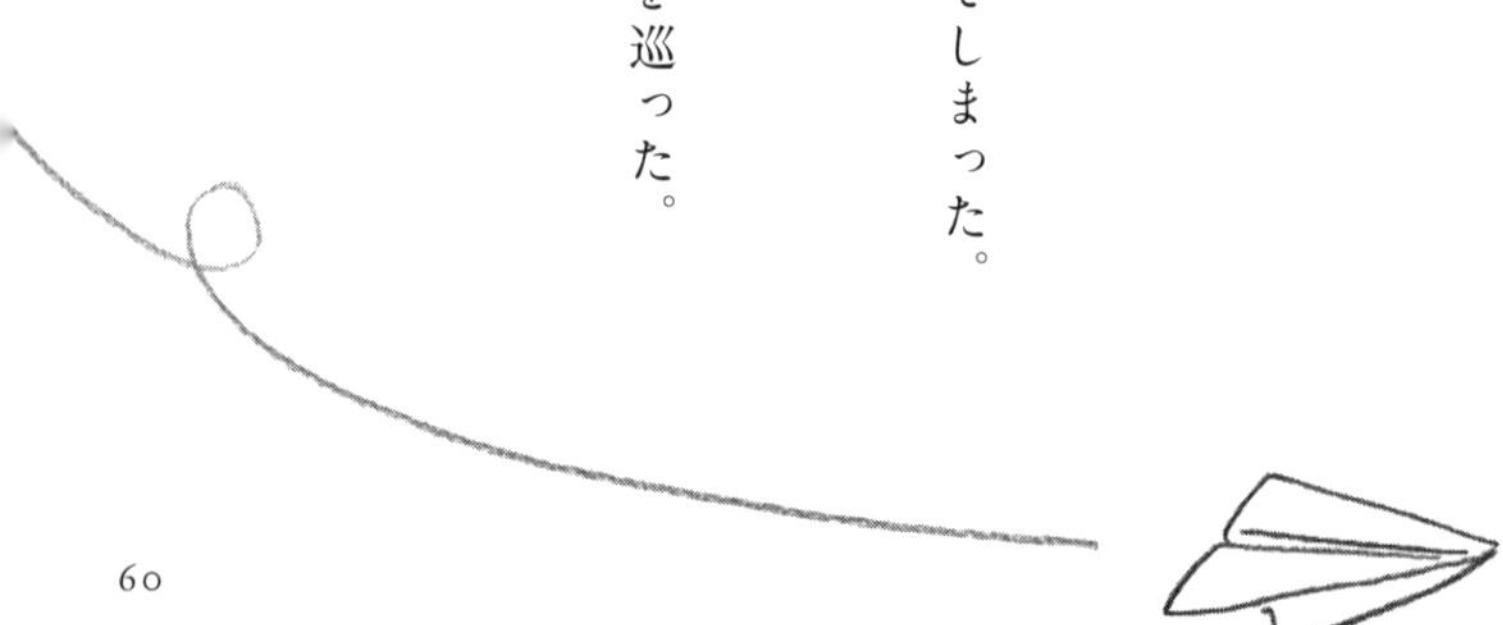

12
11
M T W T F S S

10
M T W T F S S

義理チョコ

「今年から義理チョコを配るのはやめます。メリットが少ないです」

会社に着いて早々、同僚が高らかに宣言した。

個人的には残念だが、彼女の合理的なところが好きでもある。

夜、彼女は帰り際、僕の机に「チョコです」と紙袋を置いた。

「配るのやめたんじゃ」

彼女はさらりと答える。

「はい、やめました」

「付き合う前の方が楽しかった」

申し訳なさそうに、けれどゆっくり、はっきり、恋人は言った。
それが別れの言葉になった。

現実から逃げたくて夜のカフェで漫画を読んだ。
思春期にハマっていた、
ページをめくるたびにハラハラする少女漫画の数々。
そのどれもが、主人公の恋が実ってすぐに完結していた。

ヒロインにはなれない

君に会う前に

好きな人からデートに誘われた。
午後二時、駅前に集合。

当日は舞い上がりすぎた。
何度も着替えたり髪型を変えたりしていたら
五分ほど遅くなってしまった。

改札を出ると、遠くに君の横顔が見えた。
それだけで胸がいっぱいになる。

落ち着かない様子で前髪を整えている君が、
家を出る前の自分に似ていて。

いいねして

彼が女の子の自撮りにいいねしていた。
童顔で、私とは正反対の顔立ちのアイドルだった。
彼の元カノに少し似ていた。

夏風が吹き込む部屋で鏡を見る。
目も輪郭もキリリと細い。
初めて自分の顔が嫌になった。

そんな彼とは夏が終わる前に別れた。
この頃彼のいいね欄には、クールな女優の写真が並んでいる。

後輩の誕生日に何を贈るか迷う。

雑誌にはネックレスが人気と書いてあったけれど
「好きでもない人からアクセ渡されるのは重い」

と話しているのを聞いてしまった。

無難にお菓子にするか。

けれど結局決めきれず、本人に聞いてみた。
「誕プレ何がいい？」
後輩はニッと笑った。

「新しいピアスがいいです！」

request for you

春は耳元から

春は耳元からやってくる。
新しく買ったピアスには桜の花弁。
昨日手に取ったリップもスカートも淡い桃色で、
それ似合うねって笑う君の顔ばかり期待してしまう。
恋した途端メイクも洋服も可愛くしたいなんて、
こんなの分かりやすすぎるね。
駆け引きなんてできないから、
お花見したいなと打って送信した。

花束のある誕生日

君は誕生日が来るたびに花束をくれた。
カーネーションに薔薇、スイートピーに鈴蘭。
驚かせるつもりだろうが、
いつも車の後部座席に大きな包装が見えていた。

不器用だけど正直な人。
けれど今年の誕生日、後ろの席に花束はなかった。
交際五年目。

「もう、恋人はやめよっか」

差し出されたのは指輪だった。

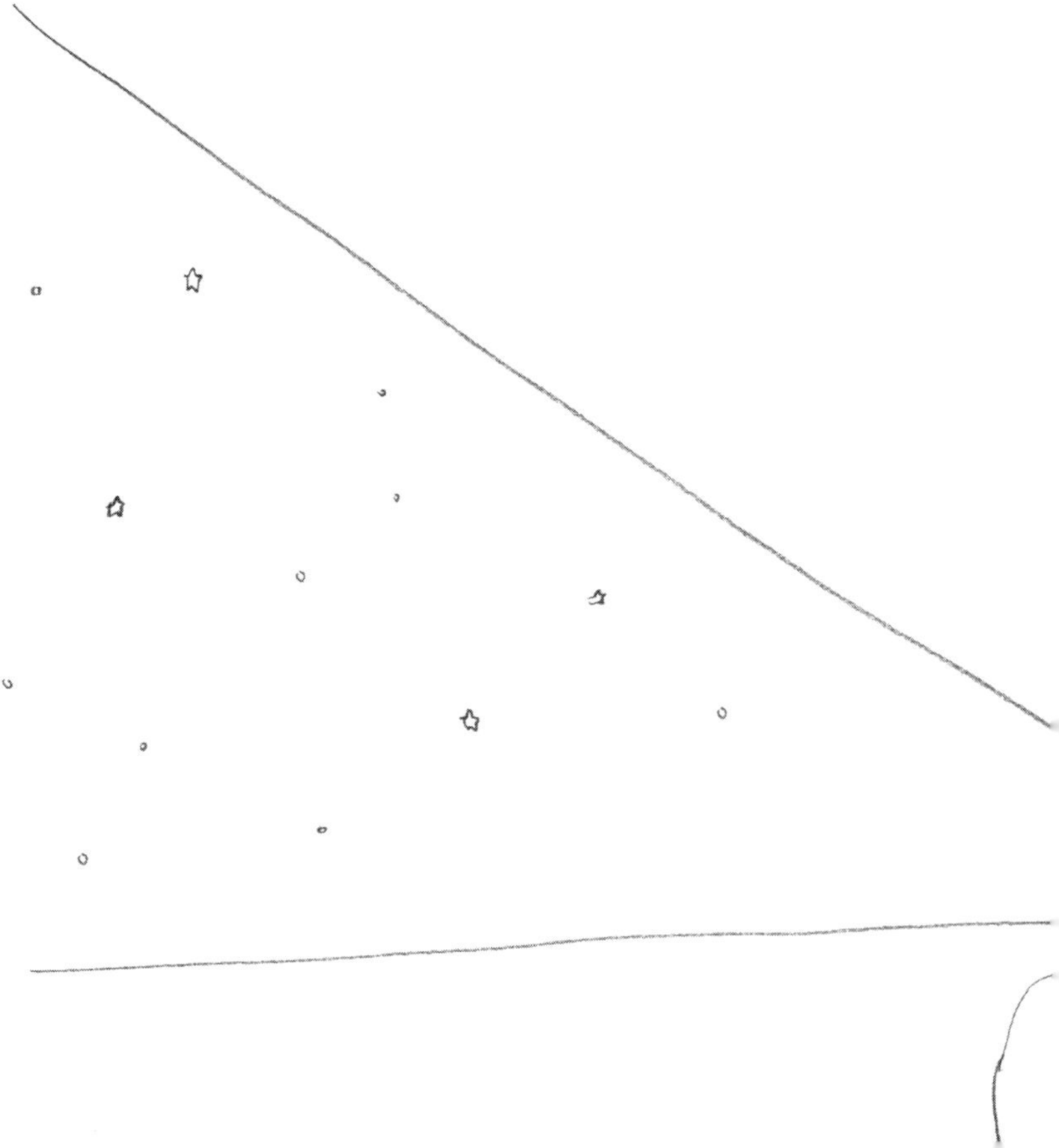

裏技

「見て！　これ、好きな人が前に使ってたネックレスなの」

親友は胸元で輝くシルバーのネックレスを指差して言った。

大学の講義室。

変わった子なので心配していたが、
彼女の恋はいい方向に進んでいるらしい。

「欲しいって頼んだの？」

彼女は首を振った。

「ううん。フリマアプリのアカウントを見つけたの」

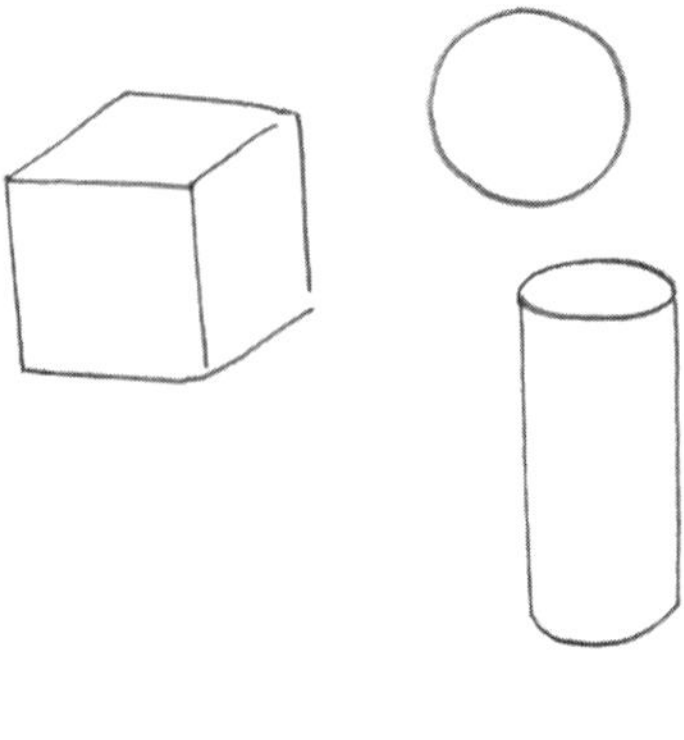

二人の夜明け

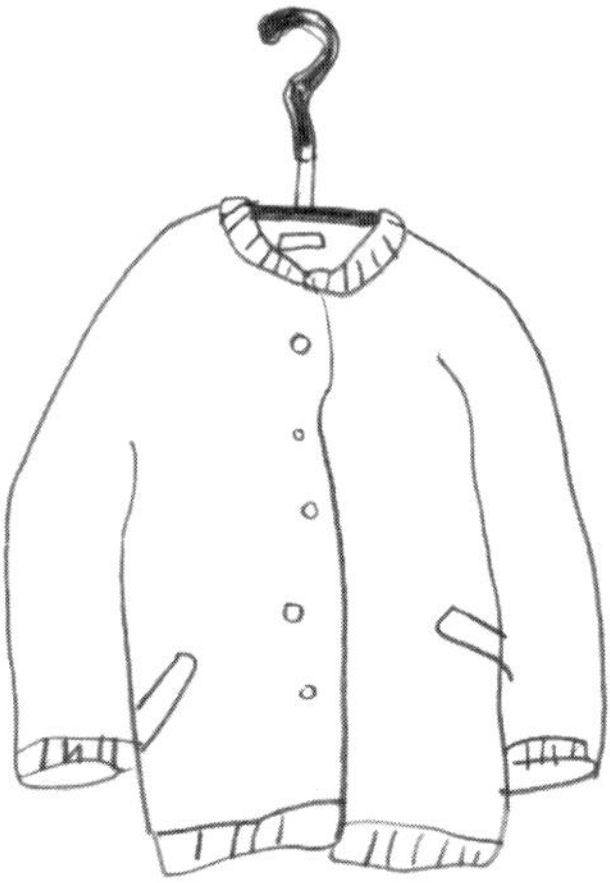

休み時間にどれだけ語り合っても話が尽きない友人だった。
だから余計に焦ってしまう。
この頃二人で会っても話が続かないことに。

「友人は服と同じ。いつの間にか合わなくなる」とよく聞く。
けれど思い出が眩しくて前を向けない。
大好きな服がもう合わないと気づいた朝の冷たさに、
喉の奥がひりついた。

人生が変わる夜

今夜人生が変わるかもしれない。
彼がレストランの予約をしてくれたらしい。
記念日にだってそんなことしない人なのに。

「お洒落してきてね」

そう微笑まれてワンピースを新調した。
ねえ、どんな顔で待ち合わせに行けばいい？
目の前の店は、ここでプロポーズされたいと、
付き合う前に私が話したところだ。

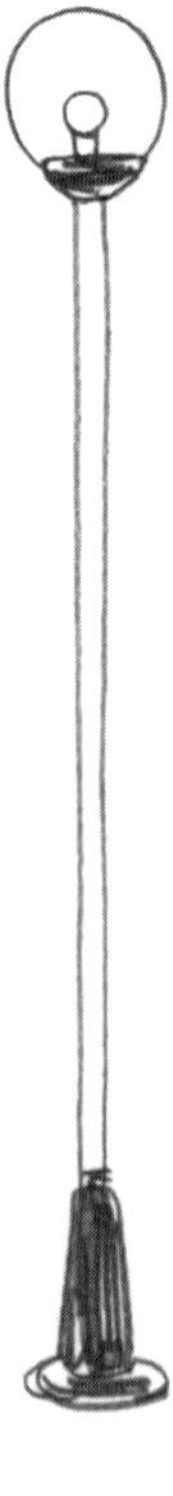

彼は追いかけない

彼と喧嘩して家を飛び出した。
真夜中、財布とスマホだけを持ってどかどかと歩く。

些細なことが原因だった。
振り向いてみるが、誰もいない。
彼はこういう時、絶対に追いかけてこない人だ。
待ってと言って抱きしめてくれれば、
私だってすぐに許したのに。

今夜もまた、近くのコンビニに先回りされていた。

嫉妬

「さっきね、バイト先の人から告白された」

深夜一時。

帰宅して早々、疲れた顔の彼女はベッドへ倒れ込んだ。

「今月二回目じゃん」

その頭を撫でるのも慣れたものだ。


「嫉妬した？」

「別に、今更だし」

不安は隠したまま、落ち着いた大人を装う。

彼女は微笑んで言った。


「ねえ私、断ったとは言ってないよ」

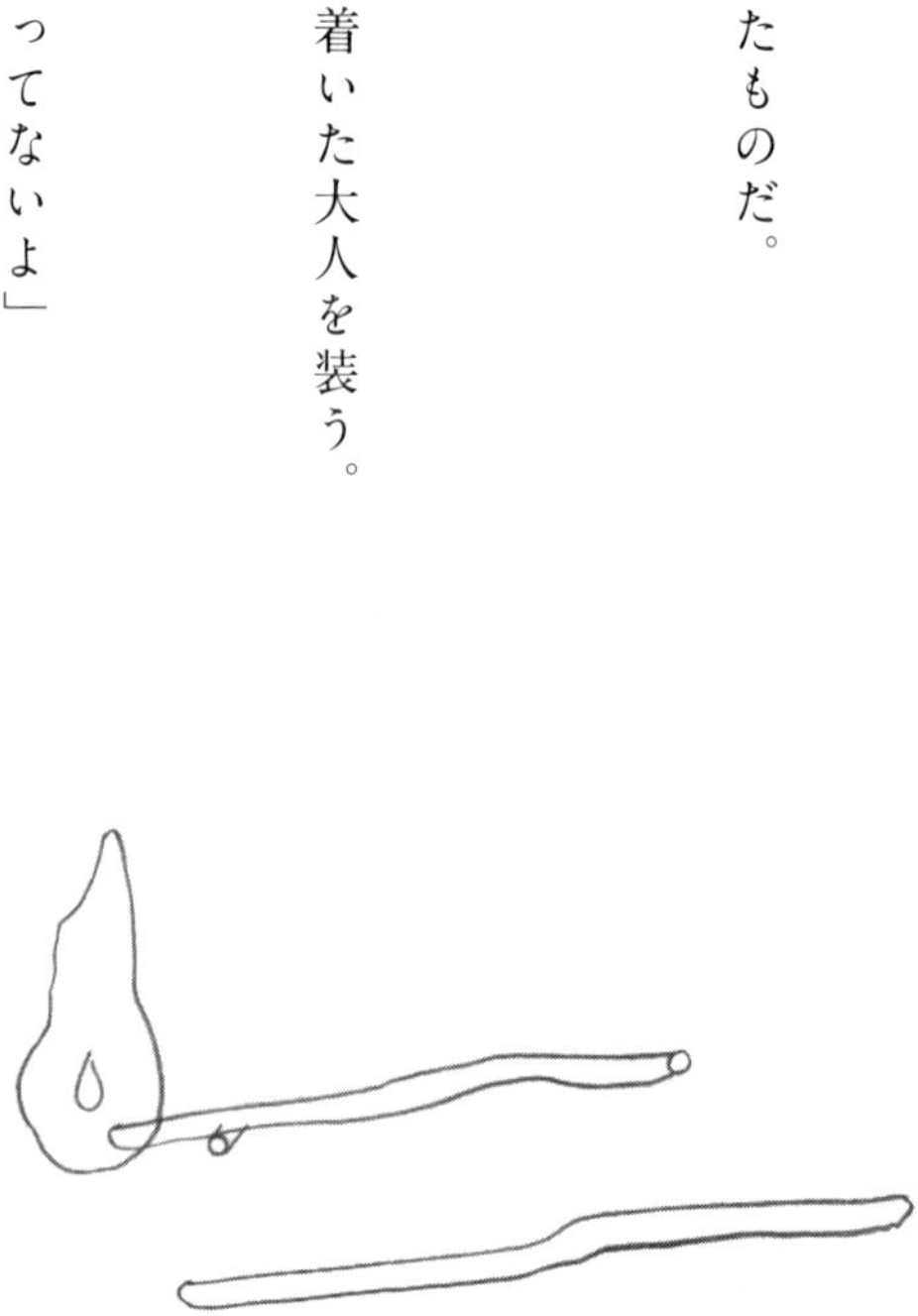

お手紙をください

「お手紙をくださいよ」
私がそう頼むと夫はいつも困った顔をする。
「いいのか？　せっかくの誕生日なのに」
「ええ」

それでも夫は下を向く。
「俺は文章が下手だし」
「構いませんよ」

年に一度のわがまま。
好きだなんて言わなくなったあなたが、
手紙の最後には必ず『ずっと一緒にいてください』と書くから。

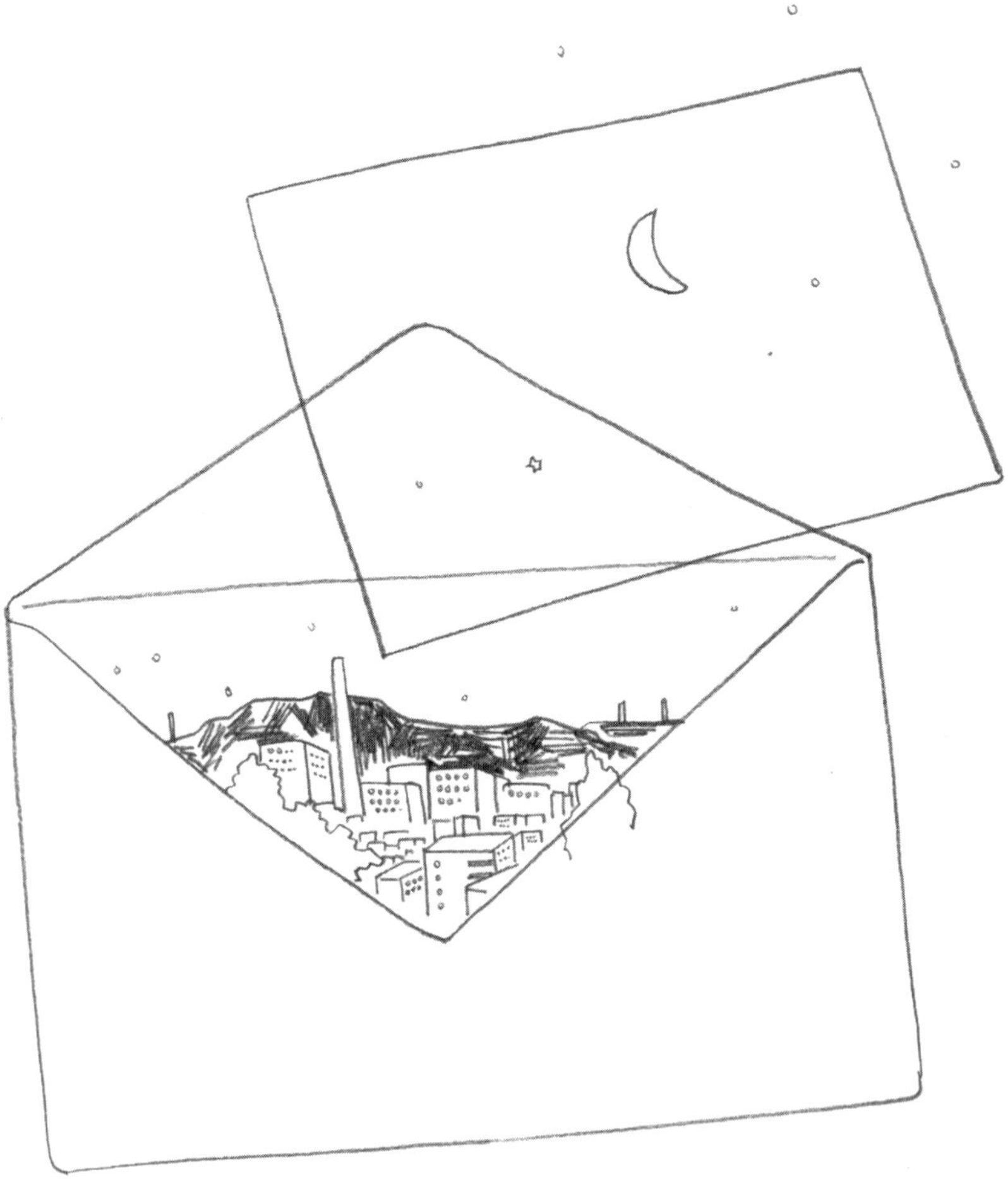

最後は会って
さよならをしよう

「絶対開けないでね」

彼女は僕に封筒を渡して言った。

「私のどこが好きか分からなくなるまで」


春、彼女は地元を離れた。

お互い初めての遠距離恋愛。

新鮮だった夜の通話は、すぐ物足りなくなった。

僕は冬が来る前にあの封筒を開けた。

中のカードにはこう書かれていた。


『最後は会ってさよならをしよう』

140字の物語　連作
ディスタンス

友人が誕生日を祝ってくれたのに虚しかった。
一日中スマホばかり気にしていた。

ベッドの上で昔の写真を眺める夜。
別れたあの人からのメッセージはない。

最近嫌なこともあったし、
もしおめでとうと送ってくれたのなら電話をかけたのに。

けれど彼は送らないと分かっていた。
そういうところが好きだった。

カレンダーを見て元カノの誕生日だと気づいた。
去年までは毎年日付が変わる瞬間に『おめでとう』と送っていた。

離れてしまった今でも友人のように思う。
正直、一言くらいならと思った。

けれど今年は送らないことにした。

これでいい。
僕はきっと、短い返事をもらっただけで
また君が恋しくなってしまう。

この頃仕事が楽しくなってきた。
会社からも期待されている。
だから早く結婚して子供が欲しいという彼とぶつかってしまった。

初めての喧嘩だった。
真夜中、彼と向かい合ってわんわん泣いた。
分かってくれると信じていた。

もう半年以上会っていない。
好きな料理も趣味も一緒なのに描く未来だけが違った。

散歩中にベビーカーを押す夫婦とすれ違った。
春風の中で微笑み合う二人が眩しくて目を逸らす。

あんな二人になりたかった。
何の疑いもなくなれると思っていた。
何年も付き合ったのに、
彼女の本当の気持ちを少しも分かっていなかった。
甘く穏やかな関係は心地よくて、
僕らはいつも大切な話を避けていた。

別れた彼のお母さんとスーパーで会った。
相変わらず笑顔が優しい。

仕事ばかり大切にしていた私のことを怒ってるだろうか。
そう心配していたのに、お母さんは
「子供は欲しくないなんて言う息子でごめんね」と謝った。

こんなところで泣きたくないのに目が潤んだ。
ばかな人だ。私を悪者にすればいいのに。

母さんから僕の元カノに会ったと聞いた。
聞きたくないのに勝手に喋るから染めた髪の色まで知ってしまった。

「もう一度だけ会ってみたら」

母さんは洗濯物を畳みながらお節介なことを言う。
僕はまた悩んでしまった。
あの子は昔と同じネックレスをつけていたらしい。
僕が記念日にあげたものを、今もまだ。

スマイル

誰かを笑顔にしたくて歌手になった。

それでも顔がスタイルがと言葉のナイフは飛び続けた。
傷だらけになっても有名税だって片付けられて。
だから人前で歌うことなんてもうやめた。

名前を変えて音源だけあげたら山ほどコメントがついた。

『綺麗な声。きっと美人なんだろうな』

私は画面を見ながら笑った。

恋と余命

余命宣告を受けた親友は病室のベッドの上で頭を抱えた。

「俺、間違ってたのかな」

彼は本当のことを言わずに恋人を突き放した。
生まれ持った優しさ故の選択だった。

かつての恋人は彼の許《もと》を去り、先月別の人と結婚した。
彼の表情は複雑だ。

「まさか完治するとは思わないじゃん……」
今日は彼の退院日だ。

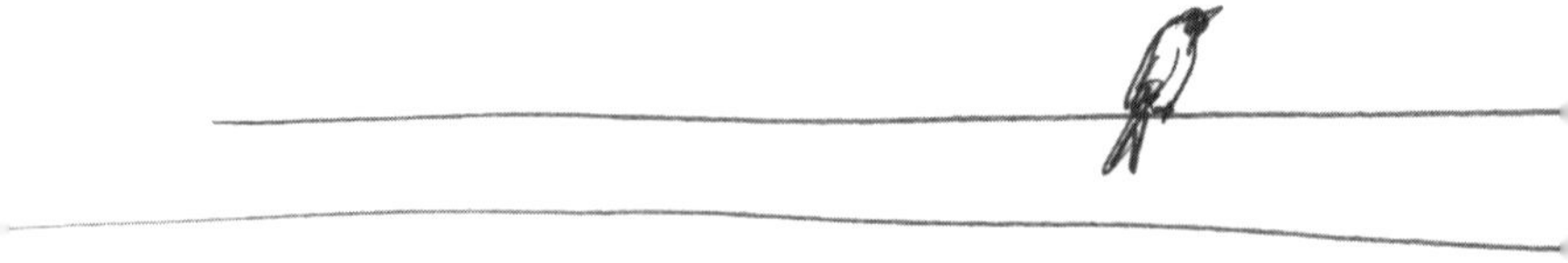

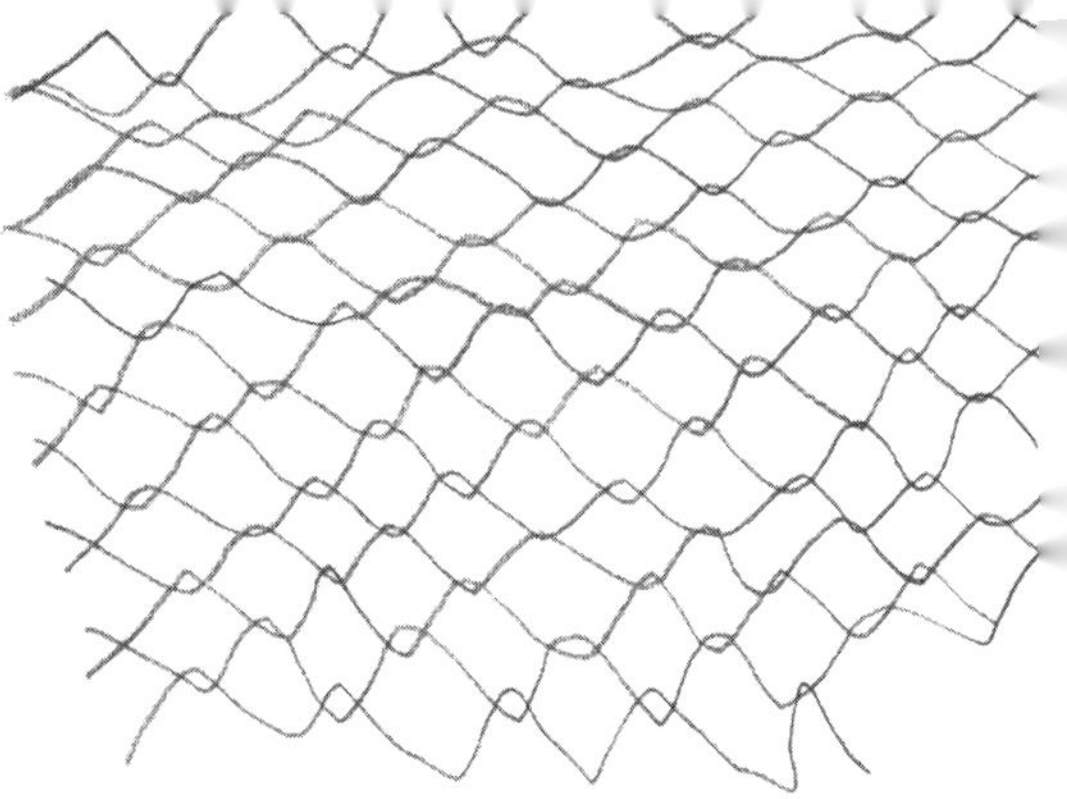

君をミュート

スマートグラスに「ミュート」機能が追加された。
ボタン一つで嫌いな人を視界から消せるというものだ。
生活上必要な時だけ相手が表示される仕様で、
ストレスが減ると評判だ。

そんなある日、駅でスーツ姿の人から肩を叩かれた。

「あなたは百人以上からミュートされました。
別区画で暮らしてもらいます」

不思議な世界

子供の頃不思議な世界はいつも近くにあった。

細い小道を抜けると魔法の国へ出るかもしれない。
力強く地を蹴れば入道雲に届くかもしれない。

散歩中にすれ違う猫だって
今のように可愛い動物だとは思っていなかった。
幼い目を通せば、尻尾を揺らす黒猫は
もう一つの世界へと誘う怪しげな案内係に変わった。

怪物と人間

地球を侵略するためにやってきた。

人は私を怪物と呼んだ。


地球には怪物並みの強さを持つ少年がいて、侵略は難航した。

だが、そのうち少年以外の人間は皆いなくなった。


「まだ戦うか？」

少年は私に聞いた。

「人間が残っているからな」

少年は攻撃を受ける間際、
初めて人間と呼ばれたと嬉しそうに笑った。

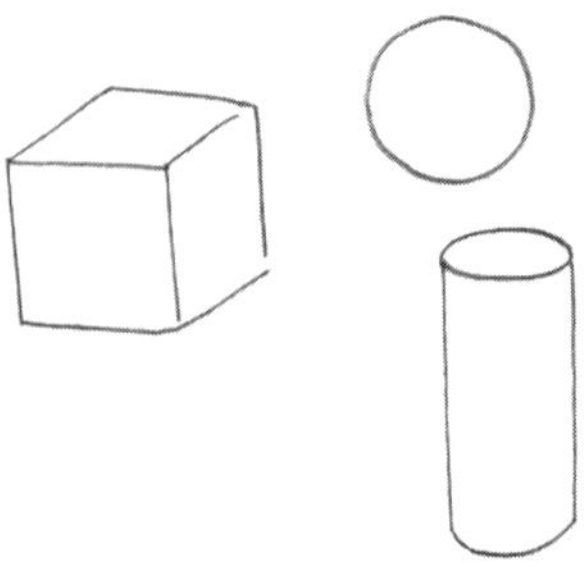

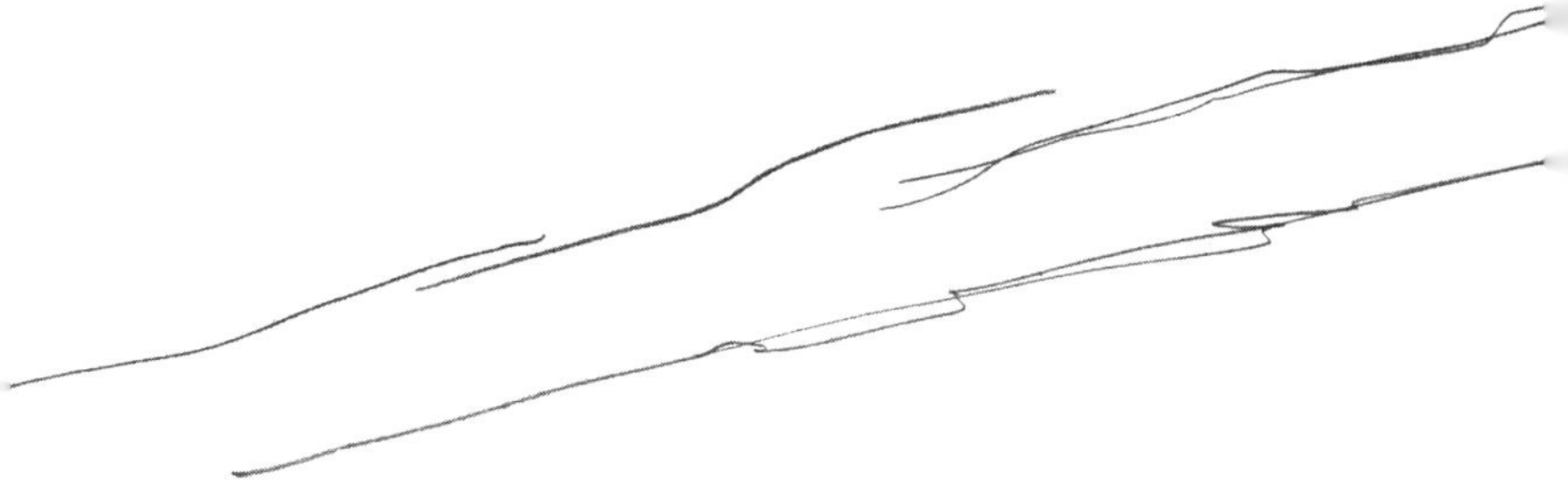

リュックの中の秘密

朝からそわそわしていた。
窓の外は曇り空。
新品の可愛いルームウェアを隠すようにリュックに詰めた。

「あのさ」
洗い物をするお母さんに声をかける。

「今日、友達の家に泊まってくるから」

楽しんできてね、というその顔を真っ直ぐ見れない。
私は変わってしまった。
大好きなお母さんに嘘をつける人間に。

声が聞きたい夜

酔うと好きな人の声が聞きたくなる。
飲み会から帰るたび、大した話もないのに
いつも君へ電話をかけた。

「酔った時って電話したくならない？」

「あー、分かる。自分もよく好きな人にかけちゃうから」

照れ臭そうな君の声を聞いて、頬からさっと熱が引いた。

君から電話をもらったことは、一度もなかった。

僕の好きな子は香水集めが趣味らしい。
話を広げたいが、正直香水の類は苦手だ。
けれどある日、珍しく好みの香りが漂ってきたことがあった。
「新しい香水買っちゃった」
その笑顔を見てつい「この香り好きだな」と
口に出してしまった。
だから近頃すれ違うたびにどきっとする。
いつもあの香りがするから。

好みの香り

親友の結婚式で号泣した。
純白のドレスを着た彼女が、私の前を通り過ぎた瞬間だった。
少しだけ目が合ったように思う。
誰よりも大きな声で「綺麗だよ」と褒めるつもりでいたのに。

家族でも恋人でもないくせに、
心のどこかで私が一番だと思っていた。
行ってしまう、と今更気づいた。
私が隣でない場所へ。

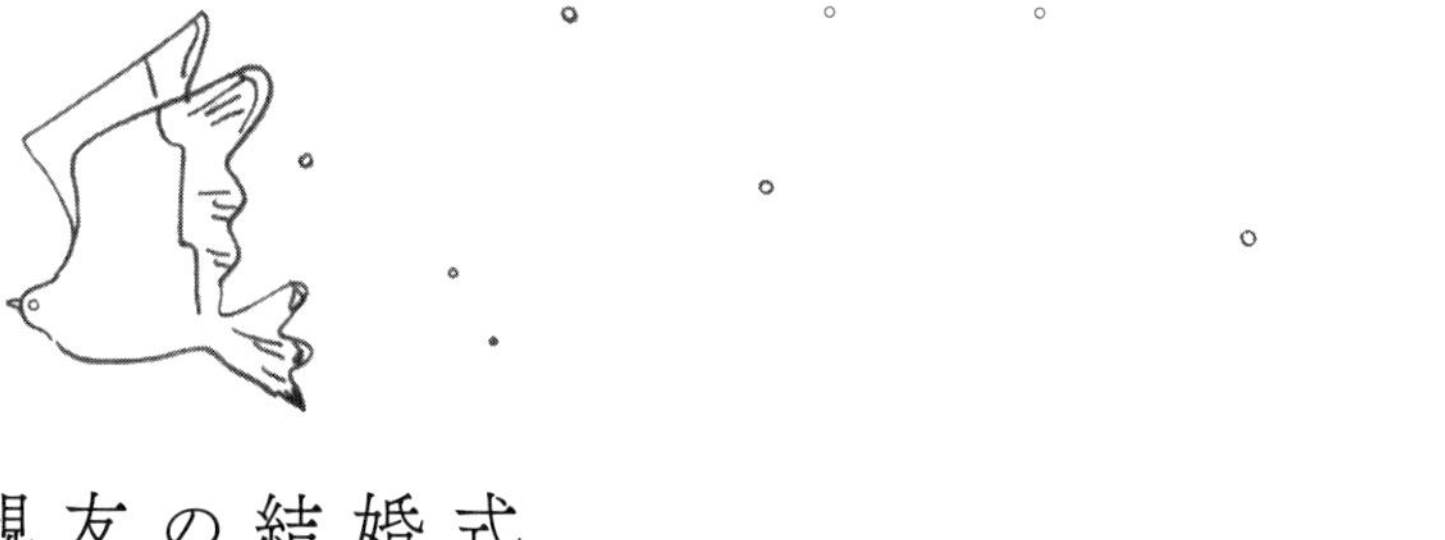

親友の結婚式

大人の告白

「大人になると、告白ってしなくなるよね」

今夜こそ先輩に告白しようと思っていた私は返事に窮した。

「え……じゃあ、どうやって好意を伝えるんですか？」

隣に座る先輩は事もなげに答えた。

「映画に誘うとか？」

私は必死で今朝のことを思い出そうとした。

前売り券をくれた時、先輩はどんな顔をしてた？

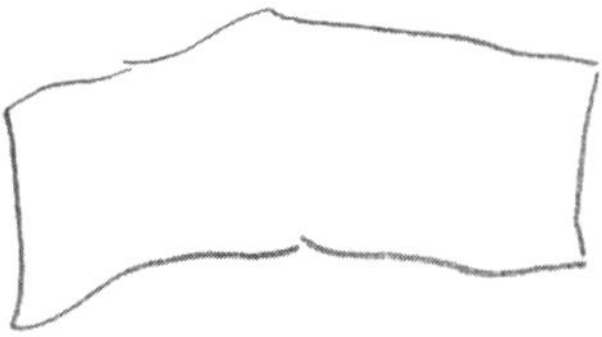

私は幸せ者だ。
飲み会から帰った夜。ベッドに倒れ込んだ私の代わりに、
彼はクレンジングシートでそっと顔を拭いてくれた。

「気が利くね」
「でしょ?」

自慢げに笑う彼は、
ヒールでむくんだ足のマッサージまでやってくれた。
彼は優しくていい人だ。
だから、誰から教わったの、なんて聞かないのだ、絶対。

気が利く彼氏

彼が生まれた日

結婚する前に聞きたいことがある。私は彼と向かい合った。

「子供のことだけど……」

彼は目を伏せた。

やはり、子供は望まないのだろうか。

「怖いんだ、どうしても」

「父親になるのが？」

彼は首を横に振った。

「俺の誕生日が、母さんの命日なんだ」

私は人生で一番泣いた。彼の苦しみを何も知らなかった。

名前で呼んで

高校時代の通学路で、初恋の人と再会した。

「最近地元に戻ってきたの」

目を細めて笑う彼女は今でも眩しくて、真っ直ぐ見つめられない。

お互いの近況を話していると、彼女は急に立ち止まって言った。

「ね、名前で呼んでよ」

僕は一瞬言葉に詰まった。

彼女は続けて口を開く。

「最近苗字が変わったからさ」

perfect
dinner

「晩ご飯？　簡単なやつでいいよ」

仕事から帰ってきた夫は、ソファにゴロリと横になった。

私は二人の子供の相手をしつつ
ご飯出してとスピーカーに話しかけた。
すると壁際の食品ポストから四本のチューブが出てくる。
ジェリータイプの完全栄養食だ。

一本を夫に渡す。
これがない時代はよく喧嘩したものだ。

パーフェクト・ディナー

二人で抜け出そう

可愛いけれど愛想なし。
飲み会で隣になった先輩は、早く帰りたがっている様子だった。
実際、僕も同じ気持ちだ。

「ねえ、二人で抜け出しちゃおっか？　つまらないし」
僕は頷き、その背中を追って外に出た。

「どこ行くんですか」
「家だよ、家」

しばらく歩くと先輩は言った。

「あれ？　君も自分ちに帰りなよ」

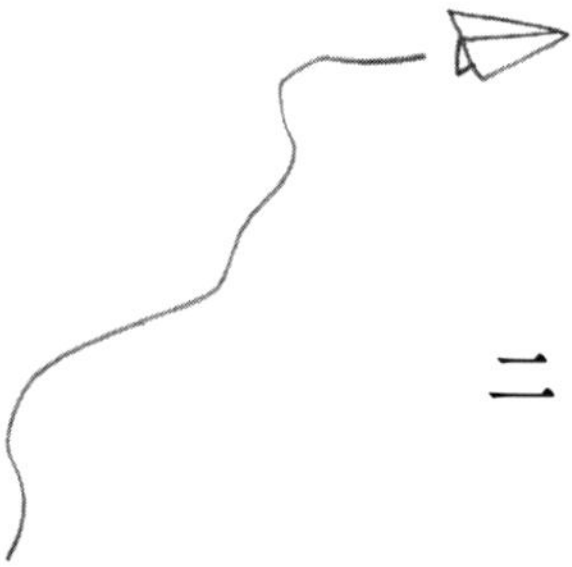

酔った勢い

酔った勢いでとんでもないことを頼んでしまった。

「あと三年経っても結婚できなかったら、

先輩の奥さんにしてくれませんか？」

本当は、ちゃんと好きだと言うつもりだったのに。

考え込む先輩を見て後悔が押し寄せてきた。

「冗談で……」

「うーん。三年後に結婚するなら、

今から付き合った方が良くない？」

ペンネームと少女の恋

好きな人の苗字をペンネームにした。
恋に恋する少女の浮かれた発想。
使い続ける理由もなかったけれど、変えようと思うきっかけもなかった。

文壇に出てもう五年経つ。
「ペンネームの由来は」と聞かれると、
これは本名ですと答えている。
本名になる前からこの名前で書き続けてきたことは、私だけの秘密。

トラップ

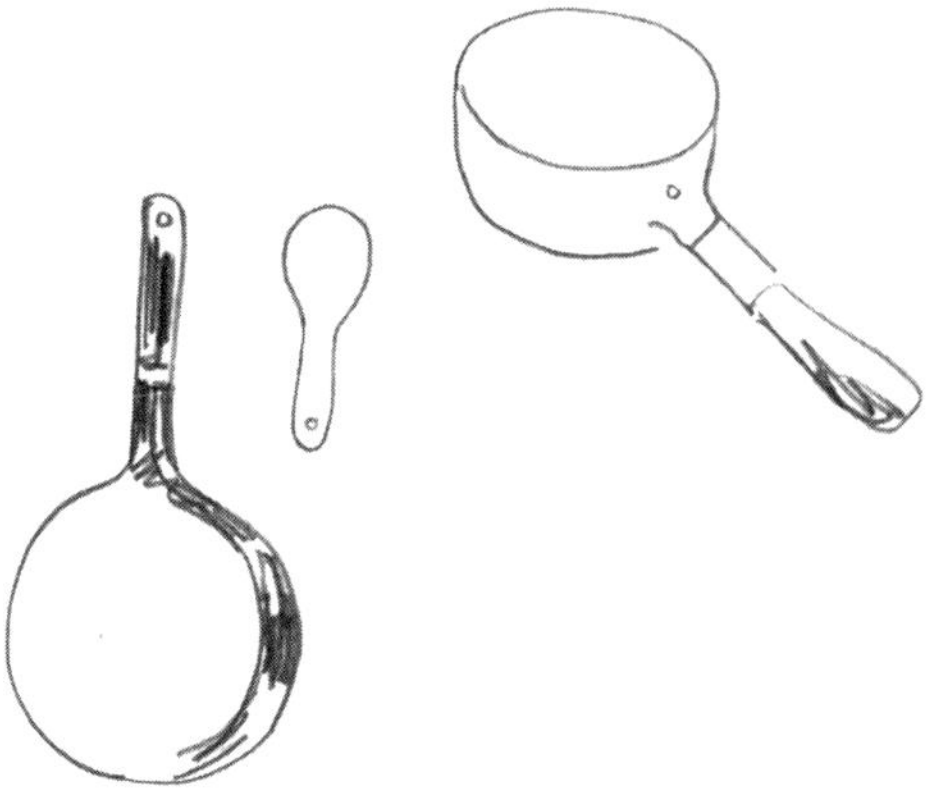

彼女が初めて手料理を振る舞ってくれた。
少し焦げは多いが、どれも美味しそうだ。
肉じゃがを一口食べ、僕は眉間に皺を寄せた。
予測していなかった塩味が舌に染みる。

「どう？」

「うん、美味しいよ」

本当のことなんて言えるはずもない。

彼女はすっと立ち上がった。


「別れましょ。私、嘘つきは嫌いなの」

重い彼女

「ねえ、私って重い？」

メッセージを送るのも、嫉妬するのも私ばかり。

彼はやや気まずそうに答えた。

「うーん、この頃受け止められるか不安になることはあるかも」


やっぱりそうなんだ。

私は絞り出すように言った。

「こんな彼女……嫌だよね」


彼はエッと驚く。

「体重のことでそこまで思い詰めてたの？」

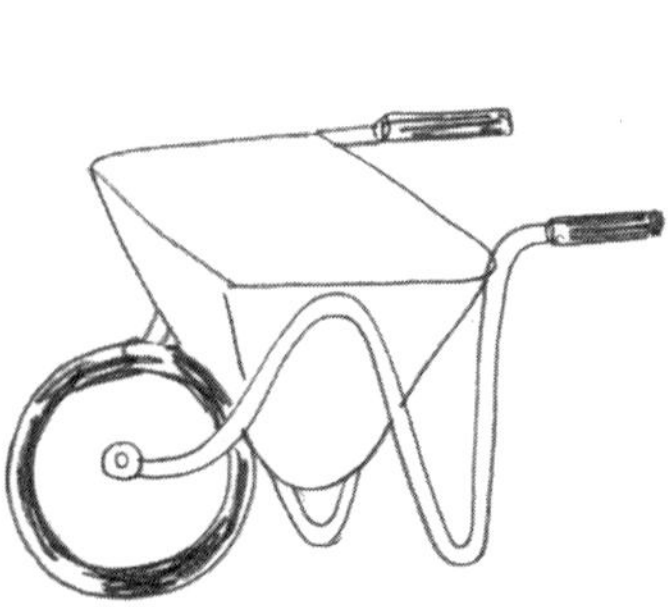

幼馴染と恋人同士になった。
面倒臭がりな人だから、
私からプロポーズしないと駄目かなと思っていた。

『昨日は鉛筆を貸してくれてありがとう。
いつも優しいところが好きです。僕と結婚してください』

恥ずかしげな顔の君が手渡したのは、随分と日に焼けた手紙。
十歳の君が今日のために書いたものだった。

日に焼けた手紙

本棚の幽霊

夜、誰も触っていないはずの本棚からバサッと本が落ちた。
幼い娘は「ママ」と言って泣いた。

ここ最近、こういった不可解な現象がよく起こる。
本を拾い上げ、大粒の涙を流す娘を抱きしめた。

床に落ちてきたのは娘の大好きな絵本だった。

生前、妻は幽霊になって戻ってくるからと
僕達に言い聞かせていた。

リフレイン

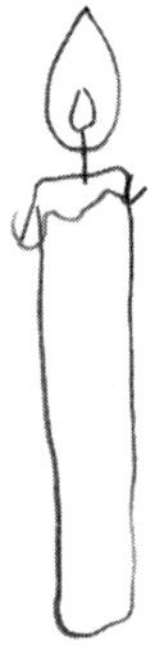

彼女が結婚式を挙げたがっている。
反対だ、たった一日のために大金を払うなんて。

年末年始、喧嘩したまま実家に戻った。
話を聞いた祖母は仏壇の方を向いて言う。

「挙げてもいいと思うけどね」

世間体が、という話だろう。
でも僕は気にしない。

「私みたいに、一回の式を百回くらい思い返す人もいるから」

好きな人の好きな人

私には好きな人がいる。
たとえ、彼が他の誰かを愛していたとしても。

「もう一度好きになってほしいんだ」

前の彼女の話を聞くたびに、絶対に勝てない、と思い知って涙した。

季節は巡る。
ある日、彼は事故で亡くなった。
彼の母は俯いて声を震わせた。

「記憶を失う前のあなたは、この子の彼女だったのよ」

二人を繋ぐもの

彼が私の容姿をばかにした。
聞き間違いだと思いたかった。
頭の中で硝子の割れる音が響いた。
鞄の中から合鍵を引っ張り出して、別れよう、と机の上に置いた。
「待ってよ。三年も付き合って、それくらいで……」
彼はまだ笑っていた。
恋愛ほど繊細なものはないのに。
私達、恋心でしか繋がっていないのよ。

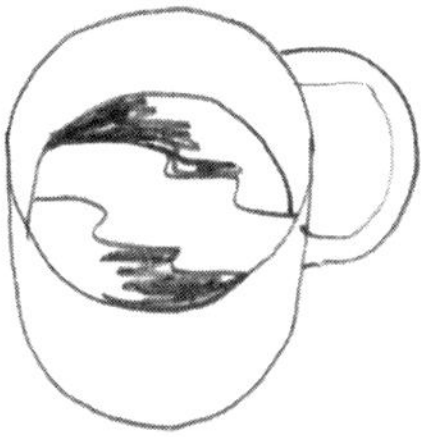

五年前に別れた人とお茶をした。
また恋が始まったら、と想像しないわけではなかった。

「注文しといたよ」

喫茶店に遅れて入ると、君は奥の席にいた。
相変わらず気が利く。
運ばれたのは桃の紅茶とケーキだった。

ふいに切なくなる。やはり私達は終わったのだ。
あの頃は甘いものが好きだった、今と違って。

あの恋を繰り返すには

正反対の恋人

彼は私とは正反対だ。

林檎の皮を丁寧に剥く私の隣で、赤い皮にがぶりと齧《かじ》りつく。
彼の部屋では常に音楽が流れているけれど、私はわりと無音が好き。

友人からは上手くいっているかとよく聞かれるが、心配無用だ。
大切な話をする夜はそっと音を止めて、
私が風邪を引けば林檎の皮を剥いてくれる人だから。

愛の注ぎ方

「距離を置こう」

彼はそう言って少し泣いた。

「ごめん、全然好かれてる気がしない」

その背中を見て小学生の頃枯らしてしまった花を思い出した。
きっと私は愛の注ぎ方も下手なのだ。

自己満足でしかなかった。
できたての料理は彼に差し出して、冷めた方を食べる習慣も。
彼が泊まる時は、早足で帰る夜も。

彼女は泣かなかった。
五年も付き合った僕が、青天の霹靂《へきれき》のように別れを告げても。

正直、こちらの方が驚かされた。
清楚なワンピースを着た彼女は最後に手を振る時まで優しかった。

「今までありがとう」

駅に向かっていく僕に、怒るどころか礼を言った。
「幸せになってね、私と別れたことを後悔しながら」

幸せになってね

嘘でいいから

「可愛いって言って。嘘でいいから」

朝、鏡の前で何度も服を替えた。
アイラインは三度も引き直した。
私の誕生日、君に褒められたくて。

「なんで。思った時に言わなくちゃ意味ないだろ」

斜め前を歩く君に、怒りのような悲しみが湧いた。
嘘でいいの、嘘でいいから。
だって君は一度も言ったことないもの。

寝ようとした時、玄関の扉が開く音がした。
彼が帰宅したようだ。

「もう寝た？」

小声で問いつつ、私のいる寝室に入ってきた。
その時ふとひらめく。寝たフリをして、
急に起き上がり驚かせてみよう。
よし行くぞ、三、二、一。

刹那、私は動きを止めた。
彼は私の薬指に、糸のようなものをそっと巻いていた。

寝ている隙に

『結婚おめでとう』

花嫁である私へのサプライズとして、
父が書いた手紙が読み上げられた。
会場はしんと静まり返る。
幸せになるんだよ、ではなく
『母さんのこと頼んだよ』の一言で
締め括られているのが父らしい。

いつもは気丈な母が泣き崩れた。
二年前に亡くなった父が闘病中に用意していた手紙だった。

結婚おめでとう

人生で一番好きになった人にフラれた。
涼しい夏の夜だった。
「ごめんね」と言われた瞬間、埋まらない距離ができてしまった。
空っぽの心で、失恋を癒すと噂の本を手に取る。
『苦しい恋があなたを成長させてくれたはず』
その一文で涙が溢れた。
ちっとも成長できなくていいから、あの人の隣にいたかった。

本を超えて

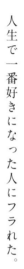

十九歳の夜

二十歳になるのが嫌だ。

「明日は誕生日だね」

夜、お母さんはカレンダーを見て微笑んだ。
私もついに大人だわ、と大げさに嬉しいふりをする。
泣いてしまわないように。
やりたいこともないくせに、何かをやり残した気がしていた。

部屋に戻り、窓を少し開けた。
高い星を見た、あと五分だけの十九歳だった。

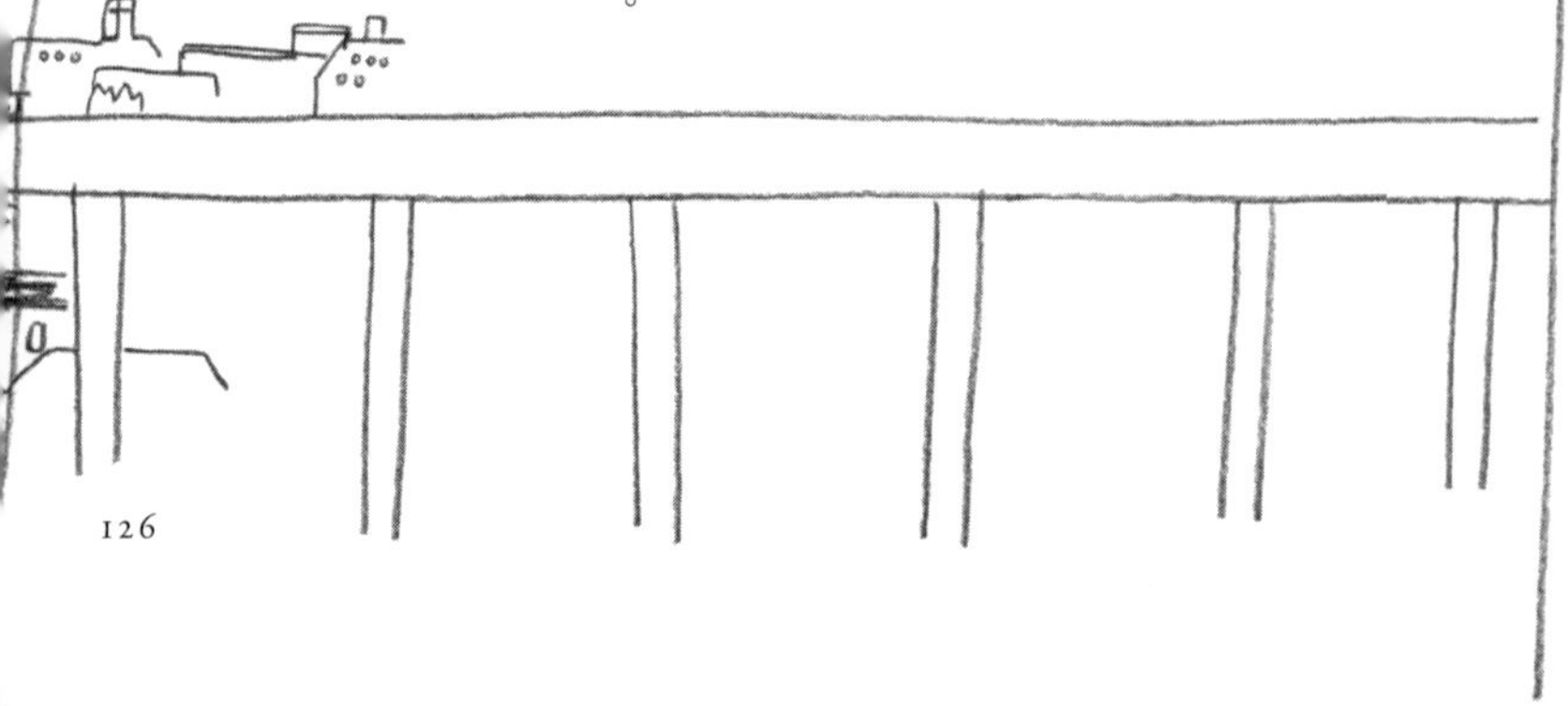

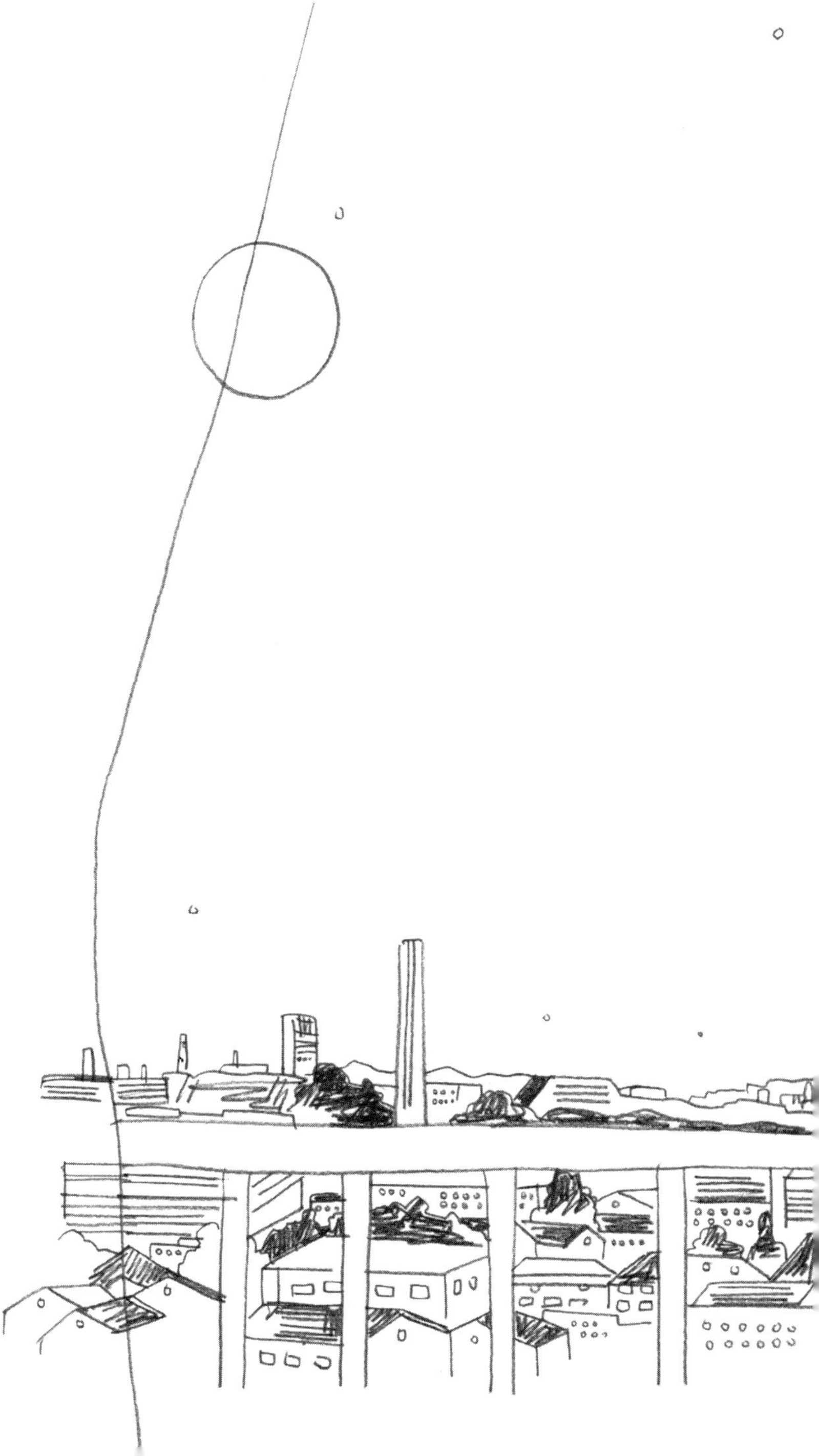

毒の恋

寂しいよ。おやすみなんて言わないでよ。
寝息をたてる君の隣で子供みたいに泣きたくなった。

午前零時。
なんだか朝まで話したいような気がした。
目を閉じるともう会えないような気もした。
手と手が触れる。だけど君を起こす勇気はなくて。

この恋は毒だ。
いつの間にか、私はすっかり弱虫に変わっていた。

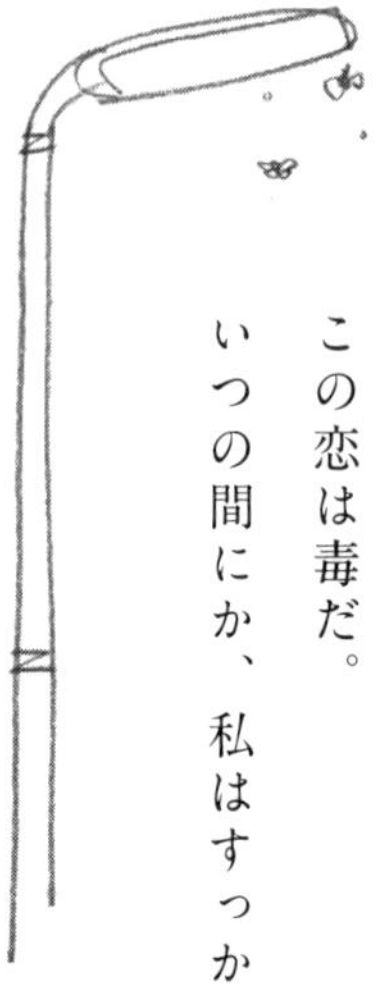

電車に乗ったままで

結婚なんかいいや。付き合うとかも面倒。
仕事が楽しくて恋からは遠ざかっていた。

朝、通勤中にスマホを触ると、
地元の友達が二人目を出産したことを知った。
コメントはせずにいいねだけ。
画面を更新すると、別の友達が離婚していた。
今度は頑張れと一言。
ふと顔を上げると、電車は目的地を過ぎていた。

年下の彼氏

年下の彼氏ができた。
二歳しか違わないのに、待ち合わせの公園で
緊張した表情をしている彼が愛おしくて仕方ない。

「お待たせ」

私が声をかけると、嬉しそうに振り向いた。

「あ、今日の服可愛い……ですね」

ありがと、と言いながら、にやけないように必死だった。
頑張れ、後少しでタメ口になりそうだよ。

天才との距離

二十歳になった。
尊敬するミュージシャンは、
同い年で大ヒット曲をリリースしている。

だけど僕は趣味も勉強も中途半端な凡人のまま。
ネットで二十歳から音楽を始めた有名人の
インタビューを見て気持ちを落ち着かせた。

あれから十年。
三十歳になった僕は、仕事の休憩時間に
遅咲きの天才について調べた。

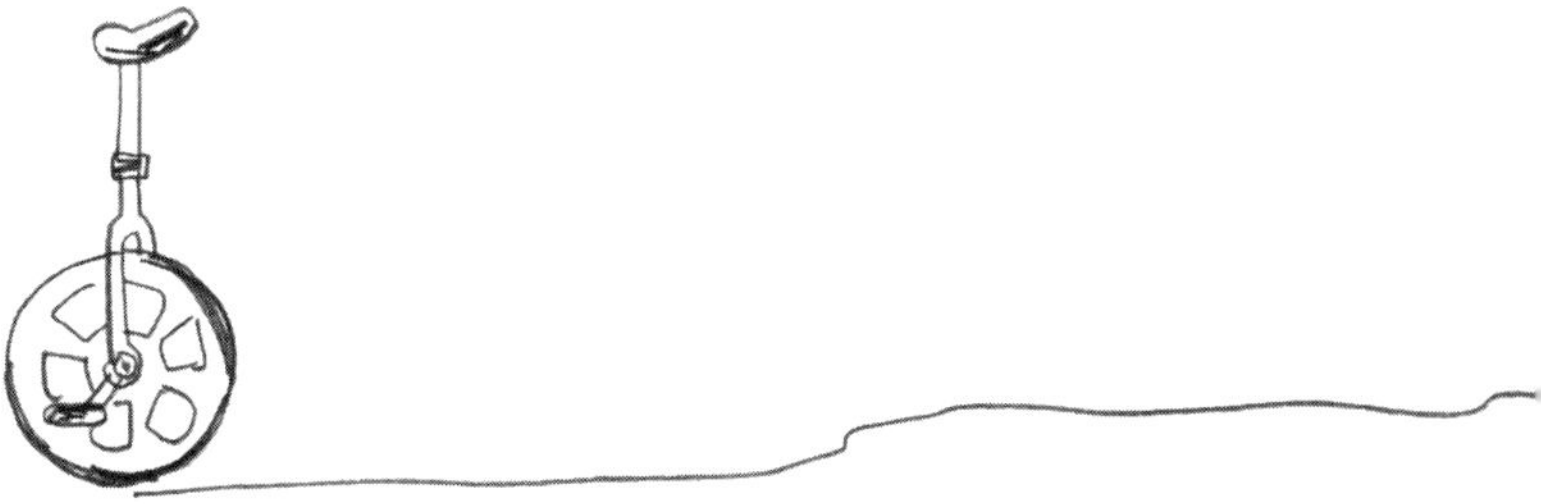

ボートに乗って

彼氏との初デート。
私は思いきって長年の夢を語った。
「私、彼氏ができたら一緒にボートに乗りたいと思ってたの」

夕焼けに染まる湖の上に二人。
ベタだなあと呆れられるかと思ったのに、
彼はぱあっと目を輝かせた。

「俺もすごい興味あったんだよね！」

週末、彼と私は荒れ狂う急流を小型ボートで下った。

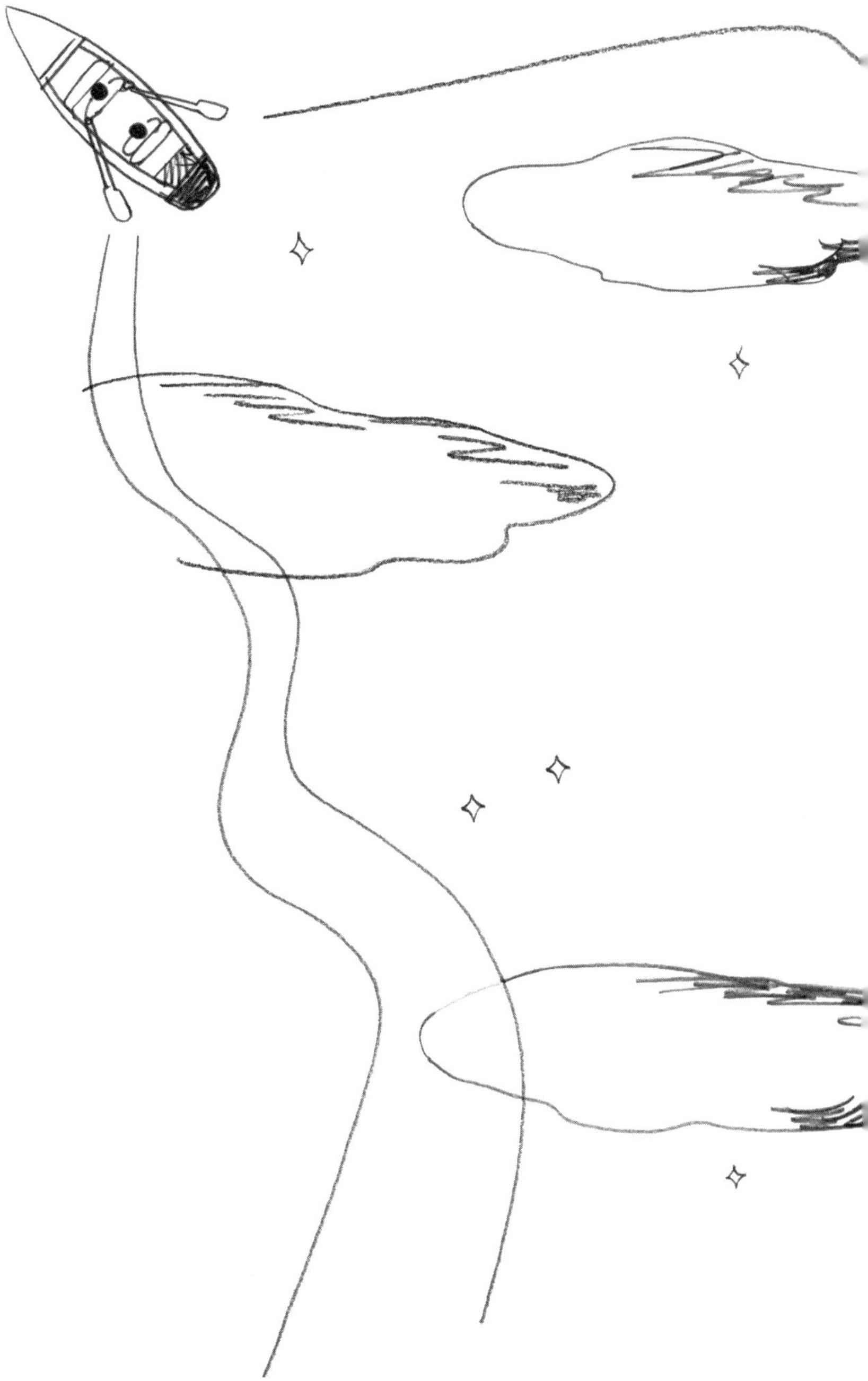

「付き合って一年経つけど」

彼女は深夜の喫茶店で言った。

「最近なんか冷めてきたなあ、って」

すぐには反応できず沈黙が続いた。あまりに急な話で。

「どうしたの急に。冗談だよね？」

だって昨日までは笑い合っていた。

彼女はフッと表情を緩め「うん、嘘」と頷いた。

「本当はずっと前から冷めてたんだ」

本当のこと

正しい願いごと

短冊に願いごとを書く息子の手が止まった。
それから消しゴムを手に取り書いた文字を消し始めた。

「どうしたの？」

「優勝できますようにって書こうとしたけどやめたんだ。
友達の方が頑張ってるから」

私は我慢しなくていいよと息子を抱きしめた。
けれど今も思う。
あの時私は正しいことをしただろうかと。

ぐうたらな子供

実家に帰るとぐうたらな子供に戻りたくなってしまう。
「お昼ご飯作ってあげるね」
母は扇風機の前で涼む私に声をかけ、台所に立った。
ありがたい。
一人で住む都会の部屋では誰も料理を代わってくれない。
けれど私は台所に近づき「私が作るよ」と言って母の肩に触れた。
私はもう、切ないくらいに大人だ。

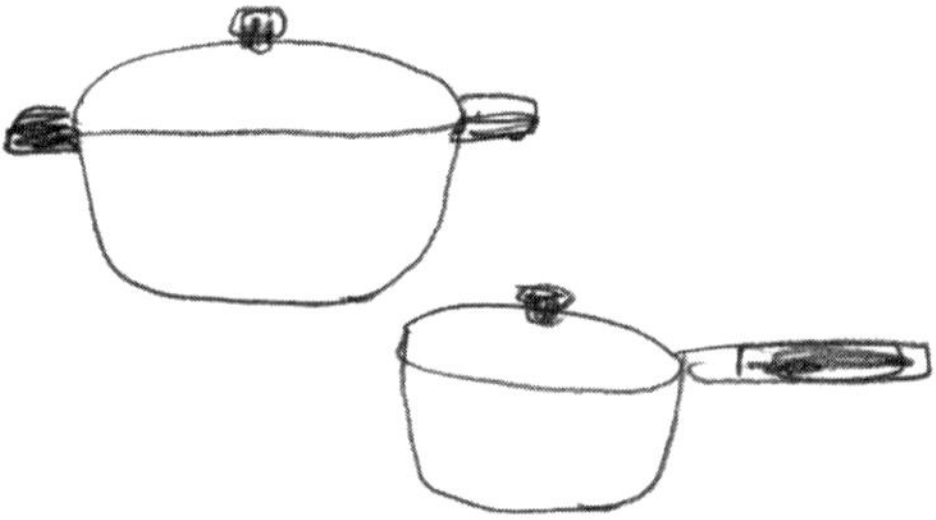

推しはいても彼氏はいたことがなかった。
だからここ数カ月は驚くことばかりだ。

「その髪型可愛い」

課金もしていないのに褒めてくれる。
こんなにファンサをもらっていいのか。
ツーショット撮り放題、無料。
遠征するどころか会いに来てくれる、当選確実イベント。

どこにお金を注げばいい、恋愛は難しい。

推しにないもの

贈り物

自分が嫌いだった。
何をやっても中途半端で、他人の良いところにばかり憧れていた。
大きな夢なんか持てなかった。

季節が幾度も過ぎていく。
私の勧めでイラストの仕事を始めた友人は、
感謝の花束と共に言った。

「人をスターにする才能があるよね」

その一言は年老いた今も消えない大切な贈り物になった。

彼女が亡くなってから五年が経った。
泣き崩れ、空っぽな頭でトーク履歴ばかり見ていた僕も、
もうすぐ大人になる。

この冬、新しい恋人ができた。
優しい君のことだ、きっと空から祝福してくれているだろう。
君が遺した手紙を読み返した夜、
僕は消された文字の跡があることに気づいた。

『私を忘れないで』

erase

たばこはやめたんだ、と君は飲み会の席で言った。
新しい彼女の影響らしい。
私や友人達が何度禁煙を勧めても駄目だったけれど、
ようやく重い腰を上げたようだ。

「やるじゃん」と褒める私に君は「ごめんね」と小声で言った。

その声の温度で、このままやめないなら別れると
泣いた夜を思い出してしまった。

たばこはやめた

この世を去る時、天国で待つ最愛の人が魂を導いてくれるらしい。

事故に遭った私は手術の前に呼吸が止まった。
光のかたちをした魂が身体からふわりと抜けていく。
見渡せば青く晴れた空。
私は街を見下ろして、ぽたぽたと涙を落としながら歩いた。

たったひとりで。

よかった、あの人はまだ生きてるんだわ。

空を歩く

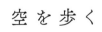

揺れるバスの一番後ろで、僕らは最後まで無言だった。
肩が触れる距離にいたのに。
君は部活終わりまで待ってくれたのに。

頭の中だけがうるさくて、僕は途方もなく不器用だった。
いや、不器用なまま大人になった。

君もあの頃、本当は話したいことがあったのだろうか。
僕は気になって助手席の妻に聞いた。

無言のバス

あーあ、一分前まで付き合ってたのにね。

電話を切ってまだベッドの中。
言わなきゃよかったかな。
私が好きならたばこはやめてとか。
送らなきゃよかったかな。
次いつ来るのとか。

君が使うからって買った枕は私の趣味じゃなくて、
だけど君に似合うから好きだった。
最後の通話は、もう十分前になっていた。

一分前までの恋人

埋め合わせ

デートに二時間遅れた。
彼は寂しそうに俯いていた。
後悔が膨らんでいく。

「ごめんね。代わりに何か一つお願いを聞くから」

「いいの？」

嬉しそうにしていたのに、彼は何も求めなかった。

誰よりも優しい人。

そんな彼は、私の病気が分かった時に泣いた。

「死なないで、お願い」


私はいいよと頷きたかった。

十年間の片思いが終わった。
一番の友人だった君に
『ずっと前から好きでした』と送ってしまった夜に。

家族にもできないような話をする仲で、
近くて眩しくて、もう気持ちを隠すことはできなかった。

返事を見て美容院の予約を取りたくなった。
君とは何度も出かけたけれど、初めてデートしようと誘われた。

片思いは終わり

同僚は恋人にしない、と君は言った。
昔から本当に真面目だ。
だから二人で飲むようになっても恋心を隠し続けてきた。
週末、買い物に付き合ったって期待してはいけない。
ルールを守る人だから。

ある夜、そんな君が急にデスクを訪ねてきた。

「今日飲みに行ける？
会社辞めるから、伝えたいことがあるんだ」

同僚は恋人にしない

最後の花火

花火大会に行った。
今夜で別れる約束をした彼女と。
この頃喧嘩ばかりだったから、
最後は楽しい思い出を作ろうと提案された。

夜空に光が弾け儚く消えていく。

普通の恋人同士のような雰囲気だった。

普段は怒りっぽい彼女も穏やかで。


「やっぱり別れる？」

僕の言葉に彼女は頷いた。

「そのために来たから」

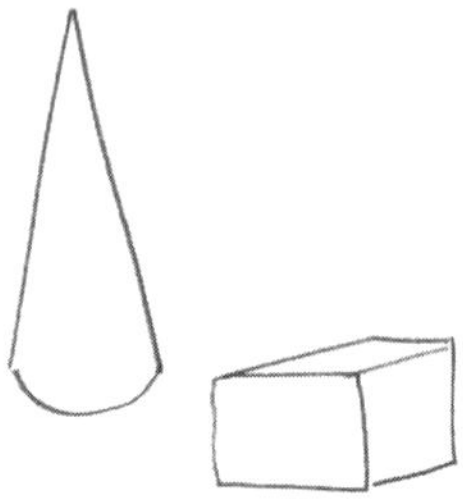

今日からは家族

六月の結婚式。
心配していた天気は晴れ、両親もホッとした顔をしていた。

「今日からは家族だよ」

目に飛び込んできたのはタキシードの白。
十年も片思いしていた貴方は、変わらぬ優しさで包んでくれる。

「うん、よろしく」

笑わなきゃいけないのに泣きそうだった。
貴方は歩いていく、花嫁である姉の元へ。

私は悩んでいた。
付き合って半年になるのに、彼は指一本触れてこない。
ミニスカートも艶めくリップもまるで無力だった。

休日、彼の部屋。
今や私は乙女の皮を被った獣だ。
「ねぇ……寒い。あっためて」
寄り添う私に、彼は「ごめん、ずっと気づかなくて」と謝った。
もはや暑い。
三枚も毛布をかけられて。

乙女の皮を被った獣

ママとの約束

妹は今日で五つになる。

誕生日だからと、父の上司がテディベアを買ってくれた。

「あんまり可愛くない」と不満げな妹を、
母は顔を真っ赤にして怒った。

「あんたはなんで可愛いって喜べないの。女の子なのに」

二段ベッドの下で、啜り泣く声はいつまでも止まない。

「嘘はだめって、ママが言ったのに……」

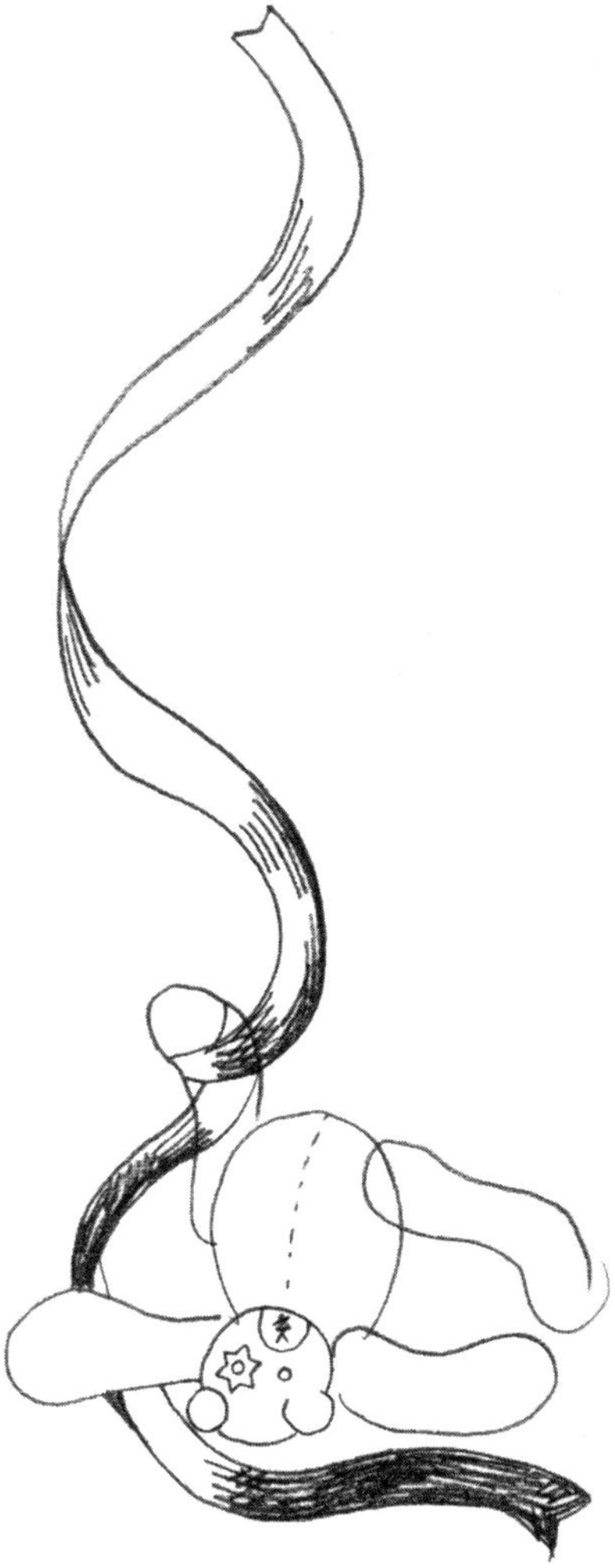

別れるタイミング

別れるタイミング、と入力して検索。
湿っぽい布団の上で山ほど記事を読んだ。

連絡が億劫になったら。
スクロール。
未来を想像できなくなったら。
スクロール。
一緒にいても寂しいと感じたら。

全部その通りだ。
なのに電話はできなかった。
君を神さまと思うほどに惚れていた時間が、まだ私を見つめていた。

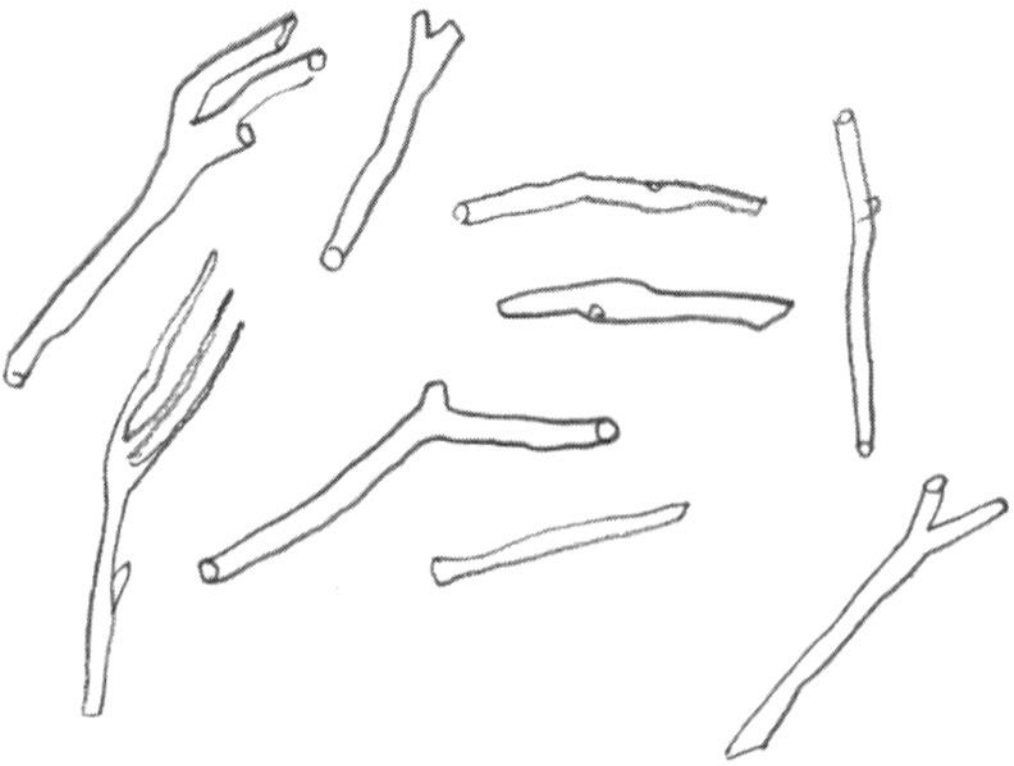

初めて付き合った彼は、私から見ても不器用だった。
悲しくて泣いていると、
ネットから変な画像を探してきて見せてくる。
それが大抵、ちっとも面白くないのだ。

別の理由で喧嘩別れをした。

今の彼は慰めるのが上手だ。
けれどほんの時々、てのひらの中の、
ちっとも笑えない画面を見たい気もするのだった。

笑えない画面をもう一度

文通

遠くに住む恋人と文通をしていた。
お互い文章を書くのが好きで、何年も、何度も手紙を送り合った。
本や映画の感想をよく綴った。

けれど心まで離れた夏の午後、電話でお別れをした。
手紙も全部捨てた。
部屋の棚は空っぽ。

それでも少し角ばった恋人の字が、言葉遣いが、
目に焼きついて消えないのだった。

『元気？』と、前の恋人から連絡が来た。
『元気だよ。そっちはどう？　最近暑くなってきたね。そういえば、
あの部屋から引っ越した？　置きっぱなしの服、もう捨てたかな。
ねえ、新しい彼女、私より可愛い？』

打った文字を全て消した。
やっぱり返信はしない。

君に甘えたら私、あのさよならを壊してしまう。

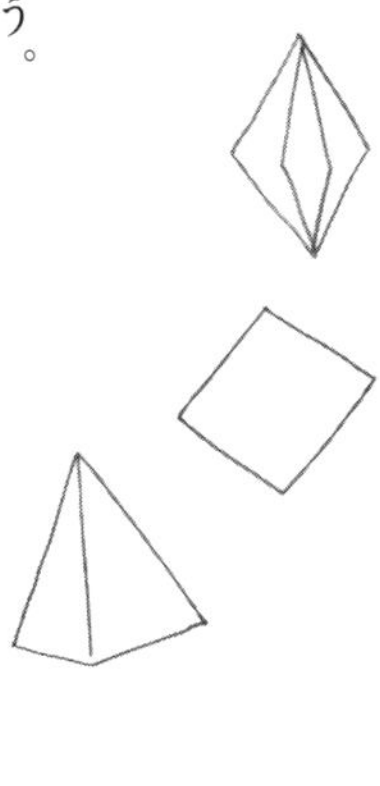

delete

帰りにはプリンを

『もうすぐ家に着く』

彼からのLINEを受け取り、私は料理の手を止めた。
今日は甘い物が欲しい気分だ。

『プリン買ってきて。かための』

そうメッセージを送ると、すぐに返事が来た。

『もう玄関の前だわ。付き合いたての頃なら、戻って買ってたかも笑』

帰宅した彼はプリンが入ったレジ袋を持っていた。

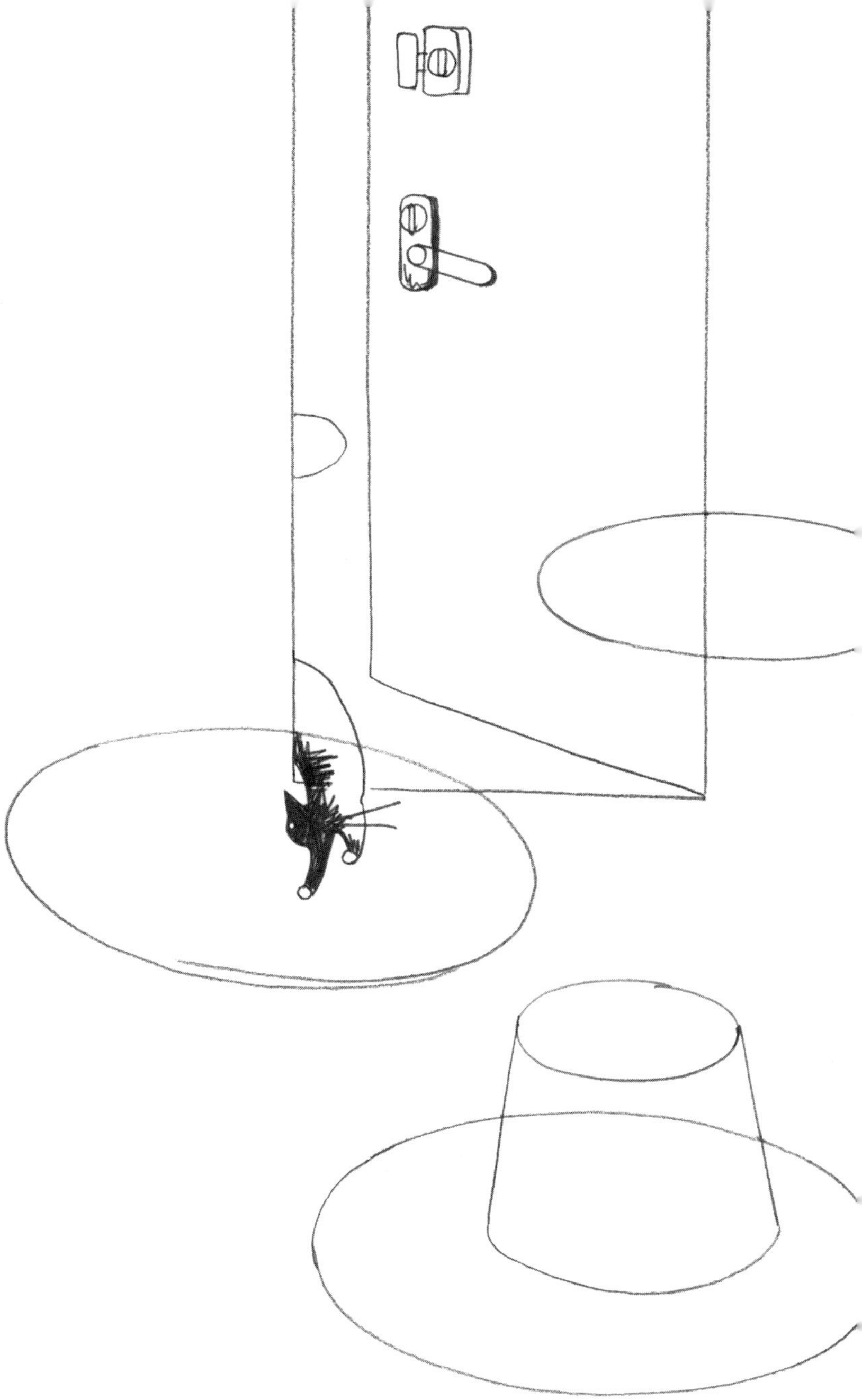

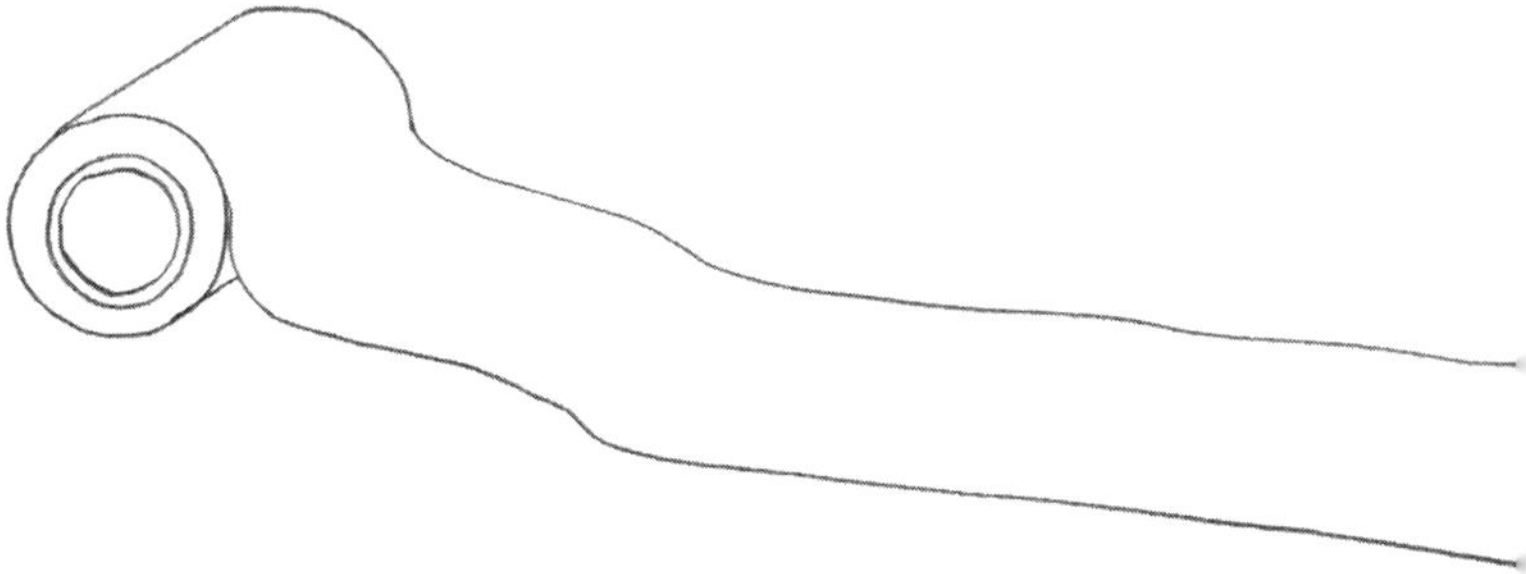

全て忘れた私へ

風変わりな教授のテストは、やはり一筋縄ではいかない。

『今夜零時を過ぎたら、周りの人に関する記憶を全て失い、思い出すことはありません。明日の自分に伝えたいことを四百字以内で書き残して下さい』

学生達は頭を抱える。

私は短い一文を書き、すぐにペンを置いた。

『忘れられて、本当に良かったね』

ネクタイの秘密

彼は手先が不器用だ。
特にネクタイを結ぶのが下手で、私の仕上げが日課になっている。

「今日もありがとう」

優しく抱きしめてくれるから、朝の時間が好きだった。
リビングから聞こえるテレビの音で目覚めたある日。
スーツを着た彼はネクタイを綺麗に結んでいた。

「ばれた?」

彼は照れた顔で襟を正した。

ノートを開く時

初めての彼氏ができた。この私に。

月は踊り太陽は笑う。
溢れ出しそうな思いを残したくてノートを開いた。
いつか彼との関係に慣れきってても、
甘くぎこちない二人を忘れないように。

三年後の秋。私は久しぶりにノートを開いた。
今とは何もかもが違う。

全て読み返した。
バイバイと言う勇気をもらうために。

両親が離婚した。

「お母さんとお父さん、どっちと暮らしたい？」

そう聞かれた私はお父さんと答えた。
母はいつも顔色が悪く、
毎晩のように酔い潰れていたので二人になるのは不安だった。

その日から半年。
久々に会った母は別人のようだった。
穏やかな笑顔を見て、誰がその顔を暗くさせていたのか悟った。

離婚の後で

たった一言

たった一言だった。
バイトの給料が入った私に彼が言った。

「へえ、じゃあ晩ご飯奢ってよ」

何食べよっかなと彼は浮かれ顔だ。
ヒグラシの鳴き声が夕暮れの町に響く。

気にしすぎかな。
私はぎこちなく笑った。
けれど頭の中はすうっと冷めていく。
留学のために働き続けていると、彼も知っているはずなのに。

なんでも願いを叶える券

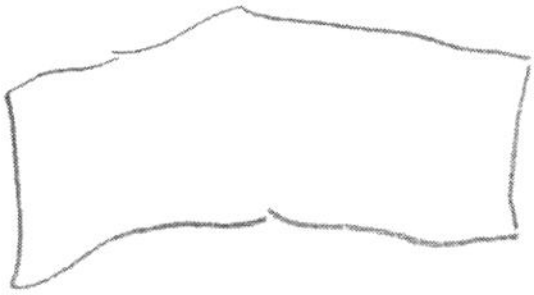

好きだけど別れることになった。
いつものカフェでいつもの料理を頼んで、
お互いにプレゼントを返した。
君からは鍵を。
僕からは腕時計を。

最後に君が渡したのは、ボロボロの紙切れだった。
貧乏な頃に作った、なんでも願いを叶える券。

「友達に戻ろう」
君をそんな風に泣かせるための券じゃなかったのに。

初めての一人旅

病気に背を押されて電車に乗った。
一人では隣町にも行ったことのない私が、初めて旅に出ることになった。

乗客は子供からお年寄りまで様々。
皆、旅の仲間だ。

最初は誰もが懐かしそうな顔で遠ざかる駅を見ていたが、
少し経つと電車の進む方を向き始めた。

今は真っ直ぐ行くだけだ。

冥界行きの片道切符で。

浮気

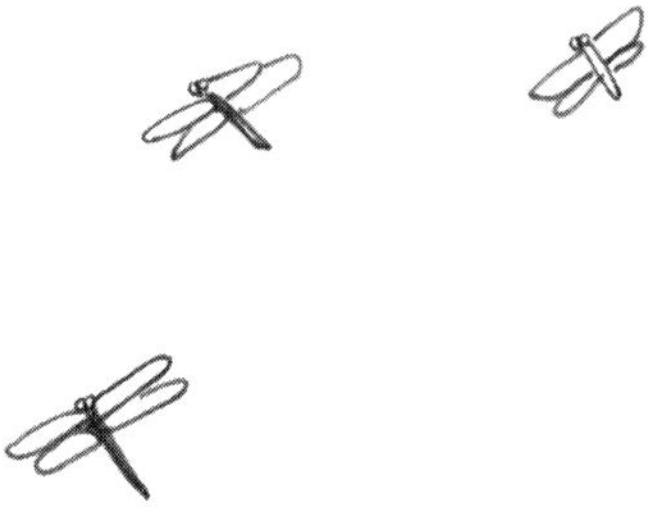

「どこからが浮気だと思う？」
台所にいる妻が唐突に聞いてきた。
どういう意味だ。妻に限って、まさかとは思うが。

「他に好きな人ができた、とか」

冷静さを保ってそう答えると、妻は呟くように言った。

「じゃあ私、今浮気してるかも」

彼女の目には涙が。

「やっと妊娠したよ」


気がつけば僕も泣いていた。

「私のことどれくらい好き？」

遠距離恋愛中の彼は電話の向こう側で答えた。

「映画を観てる時に思い出すくらい」

大きさを教えてよと不満げな私を、
彼はいつものように軽くあしらう。
そうやって毎度逃げるのだ。

眠る直前、私はふと思い出した。
そういえば、彼は家でずっと映画を流していると言っていた。

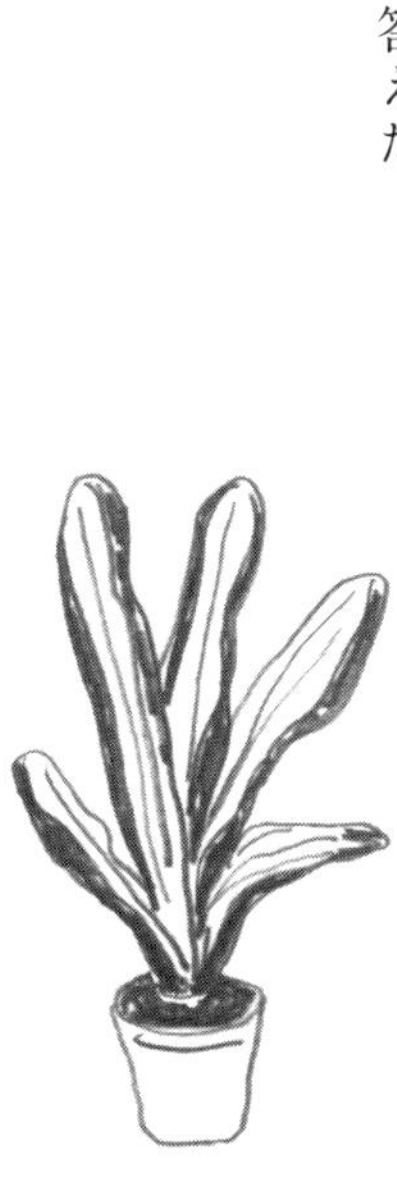

どれくらい好き？

恋人にはならなかった

私達は最後まで恋人にならなかった。

大学の友人で、一晩中話しても話題が尽きなかった人。
映画やライブにも行った。
一度だけ手を繋いだこともあった。
けれどお互い不器用で、
言いたいことは言えないまま社会人になった。

ドライブに誘われた夜、すっかり大人びた友人は言った。
「俺達さ、結婚しない？」

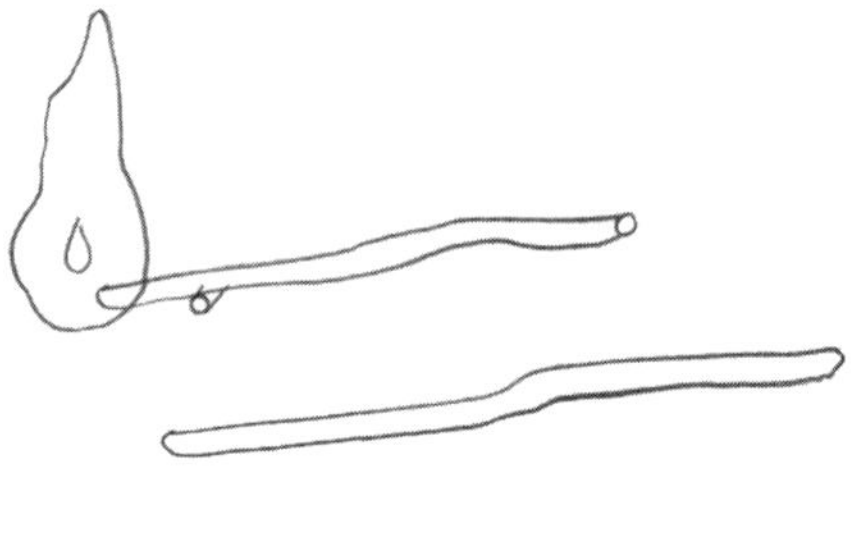

元カノの記憶

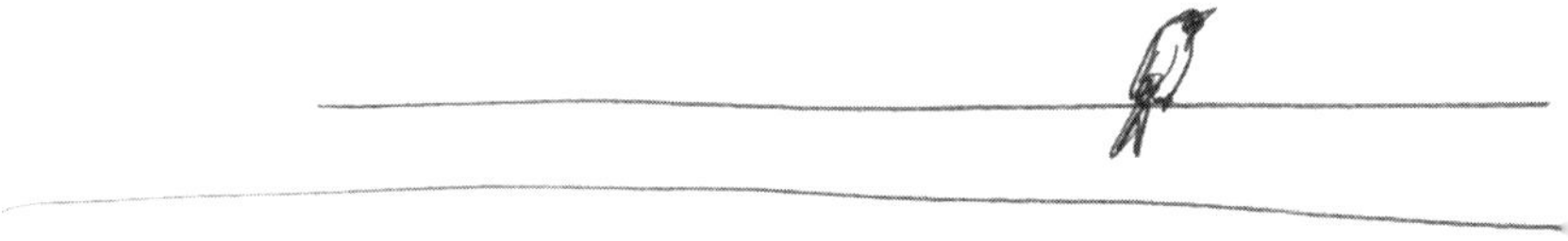

「元カノってどんな子だった？」

私からの問いかけに、彼はレポートを進めながら答えた。

「さあ。忘れた」

「高校生の時の元カノは？」

「覚えてないなあ」


いつもとは明らかに声のトーンが違う。

嘘つき、付き合う前は涙ながらに語っていたのに。

けれど今は、彼の優しい嘘に少しだけ救われているのだった。

同期たちの悪戯

「昇進したんだって？」

モニターの向こうから同期達がひょいと顔を出した。

まあね、と頷けば皆悪戯っぽく笑う。

「今夜は奢りな！」

大して昇給しないというのに、ハイエナのような連中だ。

夜、食べたいとせがまれたのは豪奢なフレンチ。

支払いをしようとすると、スタッフは言った。

「もうお済みですが」

結婚相手との出会い

「結婚相手との出会いってどこが多いか知ってる？」

改札までの道のりで先輩は私に尋ねた。

「アプリですか？」

「残念。職場が多いらしいよ。身元がはっきりしてるのがいいよね」

なるほどと頷いた。

「こういう話するの珍しいですね」

「告白の成功率を上げたいから」

先輩は改まった顔で私の名前を呼んだ。

いつかプロポーズする

「いつかプロポーズするから」

彼が約束してもう三年。

静かな部屋で、私はついに本音を零《こぼ》した。

「もう私とは結婚したくない？」

彼はハッとした顔で答えた。

「ううん、君が一生忘れないような、綺麗な言葉が思いつかなくて……」

彼が言い終わる前に抱きしめた。

ばかな人、これほど嬉しい言葉はないのに。

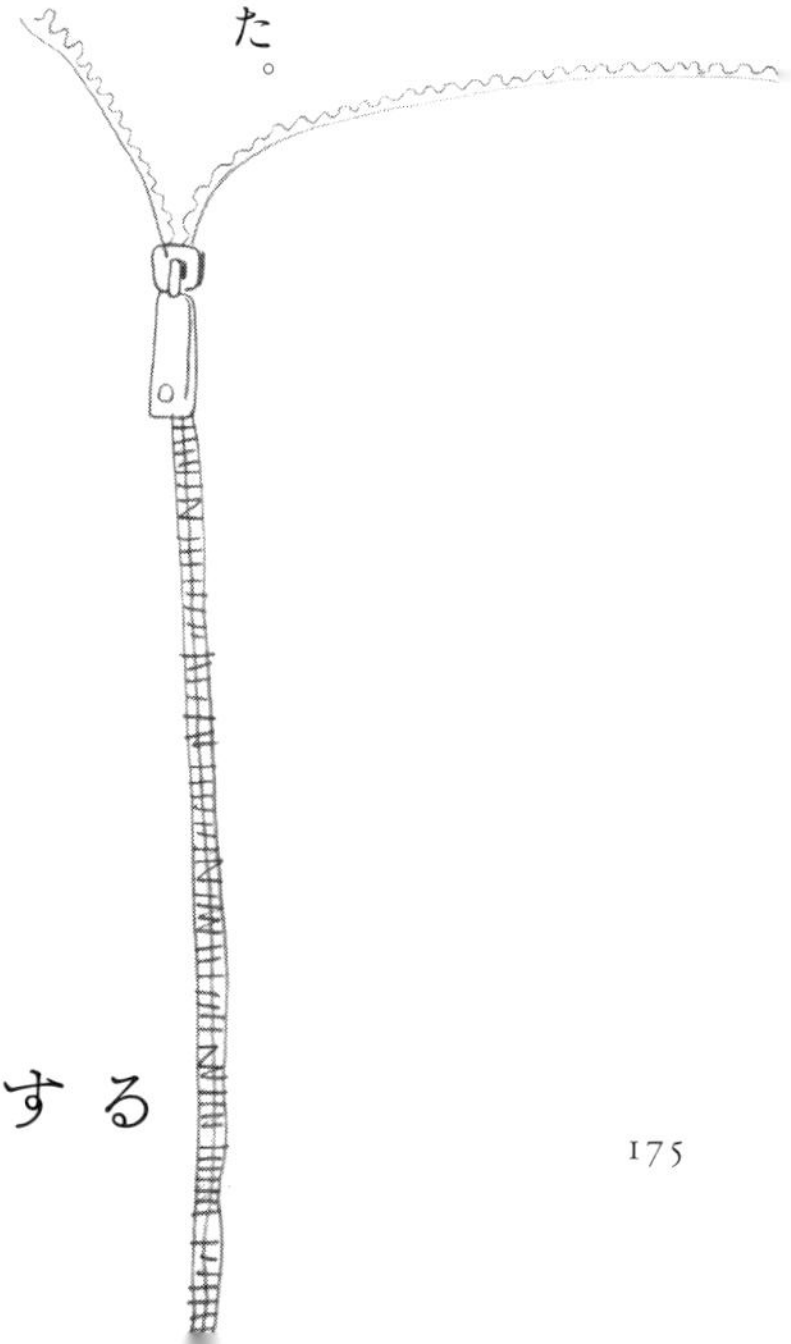

深夜の散歩

深夜の散歩が好きだ。

「急に炭酸飲みたくなってきた」
「買いに行く？」

頷き合い、部屋着とサンダルで夜の町へ。
木々はざわざわと揺れ、自動販売機にはヤモリがはりついている。
ソーダとコーラを一本ずつ。お互いプシュッと蓋を開けた。

この時間が好きだ。
どんなに近い場所でも、君は隣を歩いてくれる。

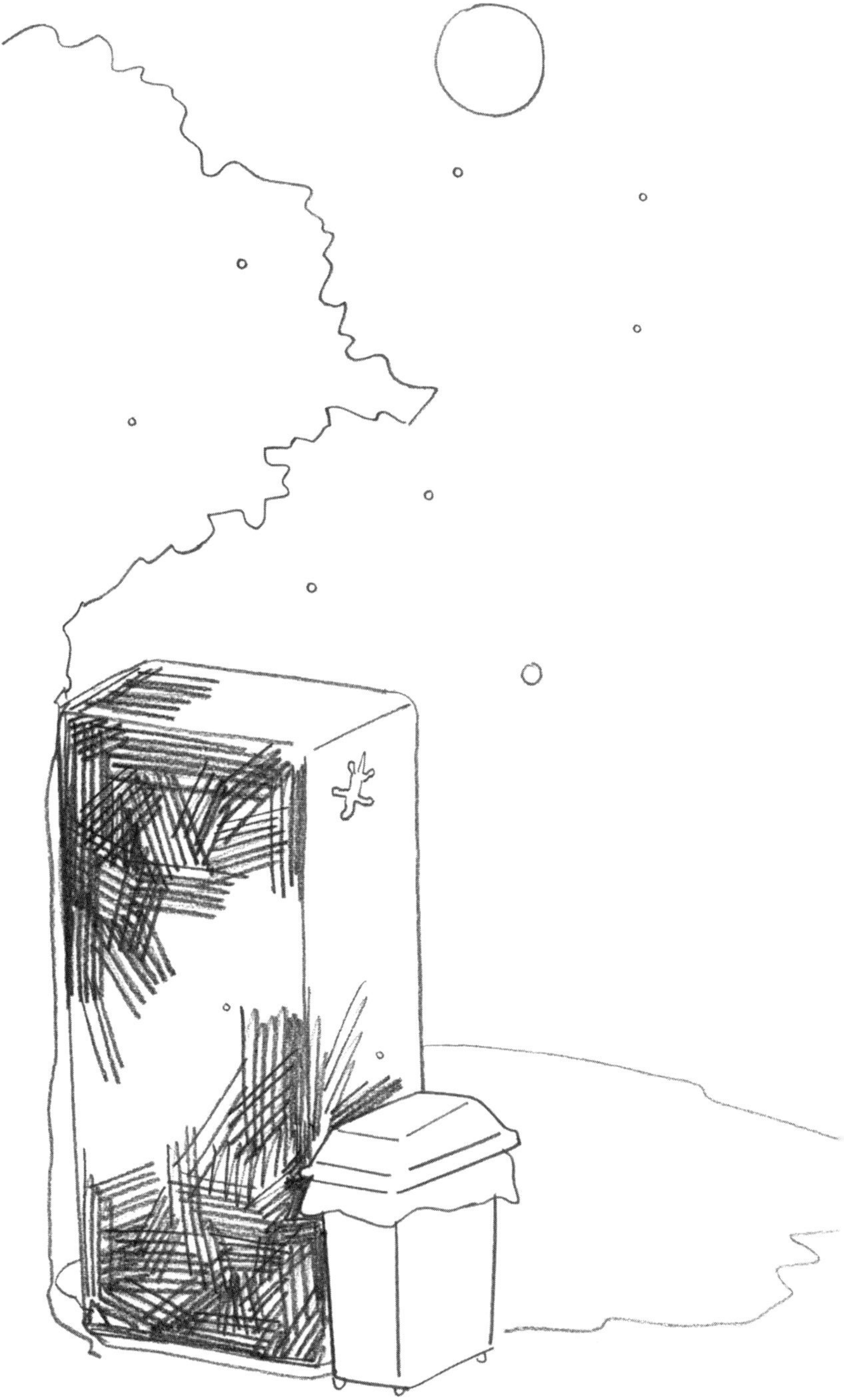

短編

本の落とし物

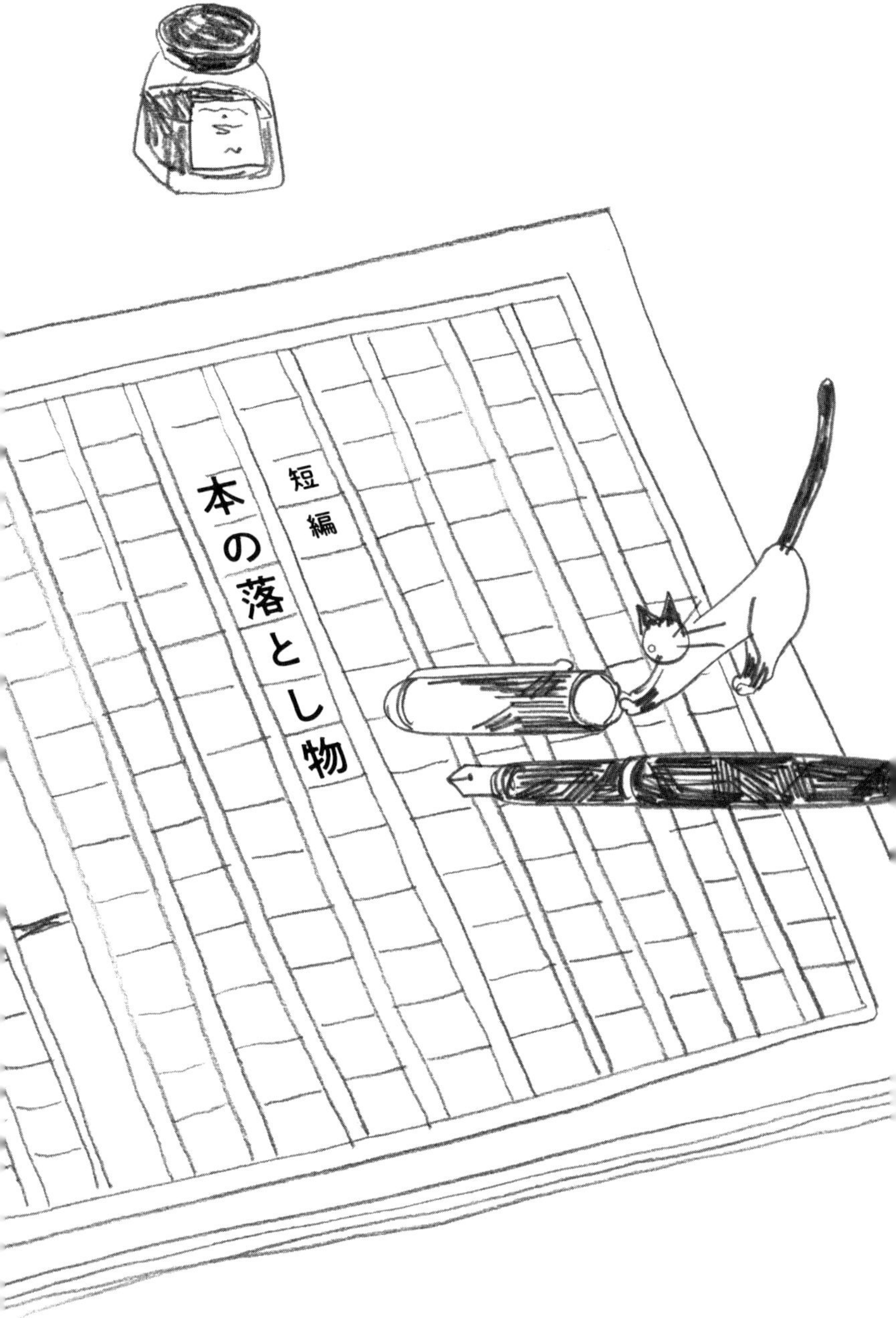

一冊の本が落ちていた。

床や机の上にではない、雨に濡れる道路の上にだ。

最初は仕事帰りの疲れで幻覚を見ているのだろうかと疑ったが、近くで見てもやはり本だった。


タイトルは『ムカつく上司を黙らせる方法』。今話題の新刊だった。

大きめの単行本で、そう簡単に鞄から落ちるとは思えなかった。落とした人は僕と同じでよっぽど疲れていたのだろうか？


しかしふと一つのシチュエーションが思い浮かんだ。察するに、この本の持ち主は極悪非道な上司にこき使われ、暴言を吐かれ、昼夜問わず心の瓶の中に恨みを溜めていたはずだ。

しかしある日この本に出合った。そしてかの上司を上手に操るノウハウを得たのだ。晴れて本の持ち主は上司を黙らせることに成功した。会社を出たその夜は舞い上がり、役目を終えたこの本をポイと投げ出して帰っていった――。

ポイ捨てはダメだが、そんなストーリーがあったのなら少しは同情できる。

公園のゴミ箱にでも捨てておこうと思った時「あっ、あったー!」という叫び声が聞こえてきた。声がした方を振り返ると、スーツ姿でびしょ濡れになった中年男性が傘も差さずにこちらへ駆け寄っていた。バシャバシャバシャバシャ。彼が走るたびに水溜まりが飛沫を立てる。彼は腰を曲げて本を拾い上げ、その勢いのまま来た道を戻り、近くのビルに入っていった。

一瞬の嵐のようだった。けれど相変わらず秋の長雨《ながさめ》はビル街に降り続けている。捨てる手間が省けて助かったはずだが、ほんの少しだけ、彼が現れなければ良かったのにと思ってしまった。

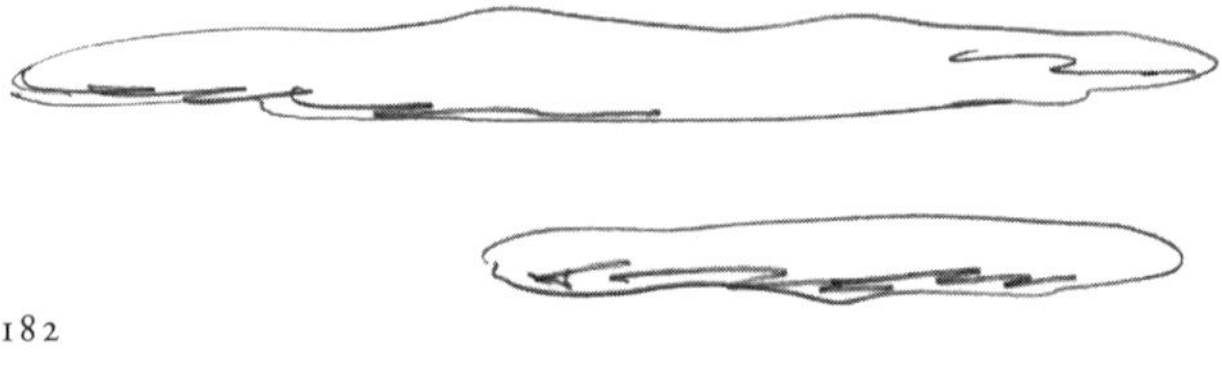

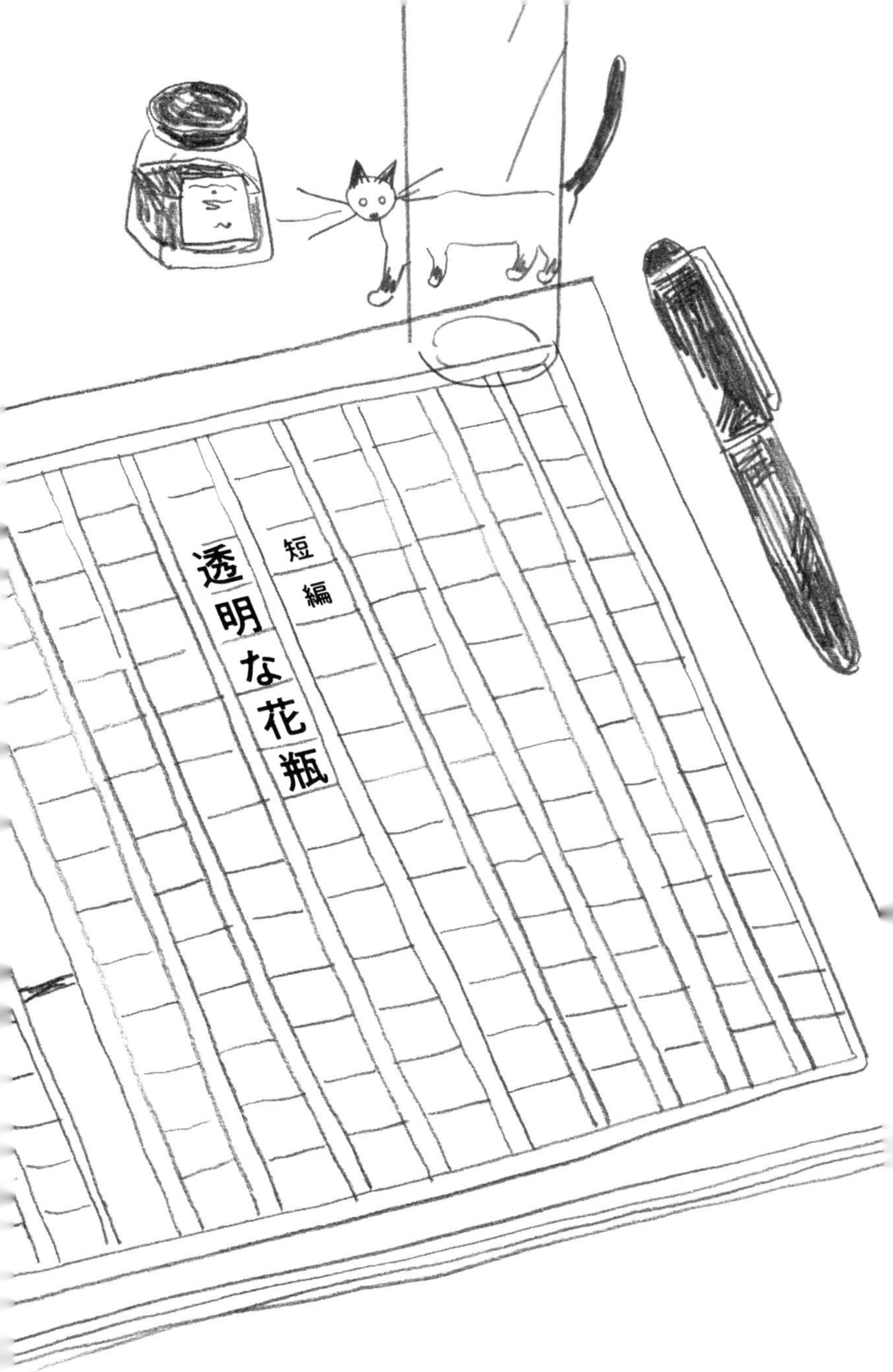
短編
透明な花瓶

「お母さん、このグラス片付けていい？」

掃除中、私は靴箱の上に置きっぱなしになっていたグラスを指差して聞いた。

いつからここにあったのだろう。

思わずビールでも注ぎたくなるような縦長のグラスは妙に玄関に馴染んでいて、今の今まで気がつかなかった。

当然オッケーという返事が来ると思ったのに、雑巾で床を拭いていた母は「そのままでいいのよ」と短く答えた。

「え、どうして？　誰かの飲みかけが放置されてるんじゃないの？」

「あはは。それねぇ、グラスじゃなくて花瓶なの」

母の言葉を聞き、思わず手に持っていた掃除機用の紙パックを落としそうになった。これが花瓶？　私は改めてその透明な杯をしげしげと見た。素朴な見た目の花瓶と言えなくもないが、やはりその前情報がないとグラスにしか見えない。花が挿してあるのを見たことがないし、これを花瓶として認識しているのは家族の中でも母だけではないだろうか。

「花瓶ならたまには使ってあげたら」

そうだけどね、と母は苦笑いした。それからスッと立ち上がり、空っぽの花瓶を手に取って懐かしそうに目を細めた。

「これね、結婚する前に買ったものなのよ。それこそ、お父さんと付き合い始めた頃ね」

過去の話をする時、母はいつも声のトーンが上がる。今回もそうだった。

「あの時はスポーツに打ち込んでいたの。だから周りからは可愛いものとか綺麗なものに興味ないんだろうと思われていて……」

「あー確かに。昔のお母さん、髪も短くてクールな雰囲気だったもんね」

今の母はほんわかして見えるが、若い頃の母が写っているモノクロ写真を見た時は真逆の印象を受けたのを覚えている。

「そうなの。でも、お父さんだけは私の誕生日に薔薇の花束を贈ってくれたのよ。君に似合うと思ったから、なんて言ってね。それがすごく嬉しくて……。でもお花なんて飾る習慣がなかったから、その日の帰りに慌てて花瓶を買いに行ったの」

「それで買ったのがこれ?」

「そうそう。花瓶がどこに売ってあるかも分からないから、近所の店をいくつも回ってね。笑ってしまうでしょ。確かにこれ、グラスとして売られていたと思うのよ。どこでも買えそうな見た目で、玄関に飾るほどのものじゃないかもしれないけど、これを見てると素朴だった頃の自分を思い出すのよね」

母は靴箱の上に再び花瓶を置いた。さっきまでは物寂しく見えていたのに、今はシンプルな花瓶の上に真紅の薔薇の花が見える気がした。

あれから随分経った。

グラスのような見た目の花瓶は、今は私の家に置かれている。母の形見として受け取ることにしたのだ。全然使えていないけれど。昔は遠距離恋愛中の彼が贈ってくれる花を活けていたが、ここ数年は虚しく空のまま。今頃埃を被っているかもしれない。

薄手のダウンジャケットを着て町を歩く私は、いつの間にかあの頃の母と同世代になっていた。

代わり映えしない日々を送っているが、今夜は特別だ。

一人暮らしの部屋は隅々まで綺麗に。彼用の部屋着は今日に合わせて洗濯して、丁寧に畳んでベッドの上。我ながらできた彼女だ。

後は優しい彼が抱きしめて褒めてくれれば完璧。

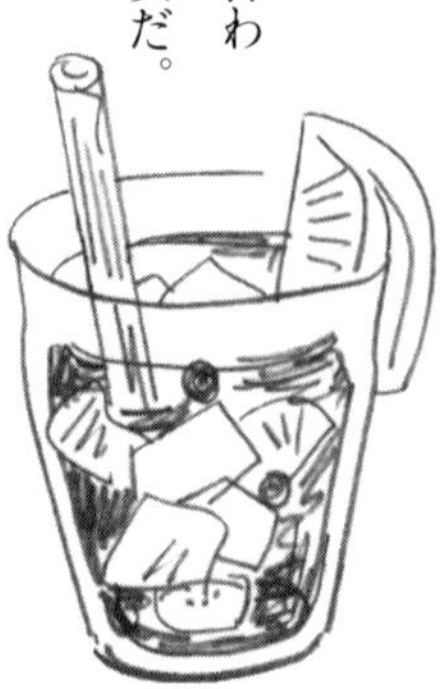

けれど、そんな未来が来ないことには薄々感づいていた。

彼は私の家に着いて早々、ばたりとベッドに倒れ込んだ。

「ああ、すげえ疲れた」

午前零時。予想以上に仕事が長引いてしまったらしい。

恋愛ドラマのような甘い再会シーンはなく、心の中でため息をついた。彼には内緒だが、親戚からはまだ結婚しないのかと相当急かされている。この調子では年内どころか来年でも無理そうだ。

けれど責める気にはならない。彼の住む家からここまでは新幹線と在来線を乗り継いで三時間半。来てくれるだけありがたいというものだ。おまけに、不況の煽りを受けている一般企業と同じく、彼の勤める会社でもリストラが相次いでいるらしい。彼だってきっとストレスを感じているのだろう。

「お疲れ。仕事忙しいみたいだね」

「いやー、ほんとに。今日も会社出るギリギリで呼び止められてさあ……」

「そうだったんだ」
彼の話を聞きながらキッチンに向かう。夕食はもう食べてきたと言うので晩酌の準備をすることにした。林檎、苺、オレンジをカットし、飲む直前の赤ワインに加えてサングリアに。これを飲んでいるうちにいい雰囲気になるかと期待したが、彼は仕事の話を終えると着替えもせずにすぐ眠ってしまった。

翌朝、テーブルの上には飲みかけのサングリアが残されていた。付き合いたての頃は美味しいと喜んで飲み干してくれたが、昨日はほんの少し口をつけただけのようだ。彼はいつの間にか私の家を出ていた。テーブルの隅に用事があるから帰ります、という走り書きを置いて。ふうと息を吐き、全てまとめて片付けをした。

私は何をしているんだろう。昨日した準備は、なんの意味があったのだろう。彼に尽くしすぎるのが駄目なのか。それとも鏡に映るこの可愛げのないツリ目のせい？
考えるのも嫌になり、気分転換に散歩をすることにした。ダウンジャケットを羽織り冬の街へ。

道すがら、フラワーショップに並んでいた鈴蘭の花が目に留まり、一束購入することにした。昔は彼から何度かプレゼントされたことがあったが、自分で花を買うのは初めて。包装紙に包まれた白い花は輝いて見えた。

あの花瓶が久しぶりに日の光を浴びることになりそうだ。

可憐な花束を抱えて家に帰る足は軽かった。大切なことに気づいたからだった。

自分自身へ贈る花だってこんなに美しい。それに、先のことは分からないけれど、とりあえず今は、一人でいる方がずっとずっと楽しい。

長所は特にないけれど、気持ちは誰にも負けません。だから私を選んでください――。

そんな姿勢では上手くいかないと頭では分かっていた。だって自分が選ぶ立場だったら、わざわざ大勢の中からそんな人を選ぶ理由がない。

けれど大学四年生の冬、続々と届くお祈りメールを見て私はやっと実感した。

やはり就活は熱意だけではどうにもならないらしい。いや、それ以前に本当は熱意だって持ち合わせてはいなかった。

ベッドから起き上がりシャワーを浴びようとした時、ふと窓際に飾っていた花が枯れているのに気づいた。

これでもう何度目だろう。

元々ツリ目な母がさらに目尻を上げ、「生花を飾ると季節を感じられていいよ」と強く勧めてきたので、半年ほど試してはみたものの、ズボラな私はすぐに枯らしてしまう。二週間は持つはずの花が一週間も経たずに朽ちていくさまを見ると申し訳なさでいっぱいになった。

あらゆることが向いていない、と思う。

勉強も取り立ててできる方ではないし、運動ははっきり言って苦手だ。オンラインで受けた適職診断では「芸術家タイプ」との結果が出たけれど芸術的センスはゼロ。友達作りも下手で頼れる人はほとんどいない。たぶん働くのにも向いていないのだろう。スキル不足に苦しみ上司から説教される様子が目に浮かぶ。けれど就職はしないと生きていけない。困ったものだ。

結局春まで内定が出ず、私は学生時代と同じアパートに住んだまま、アルバイトを始めることにした。昼間は雑貨屋のレジと陳列、夜は居酒屋のホール。毎日忙しいが、アルバイトだけでも案外普通に暮らせるということを知った。周りからは心配されているが、それなりに充実した暮らしができている。

アルバイト生活にも慣れた頃、緩く就活を再開することにした。

大学時代のように百社以上にエントリーしたりはしない。受ける数は少ないのに、大学時代よりも面接で落とされる確率が下がった。

心に余裕ができたからだろうか。不思議だ。特別な技術を身につけたわけではないのに。

しばらく忙しくしていた私はいつの間にか生花を買わないようになった。花瓶が空くと驚くほどすっきりと気が晴れた。もしかすると長い間、じわじわ心に傷を増やすようなストレスを自分で自分に与え続けていたのかもしれない。些細な変化ではあるけれど、やっと本来の私になれたような気がした。

花のない花瓶を見てこれでいいと頷いた。

私、花は好きだけど、わざわざサングリアを手作りするような母とは違って面倒臭がりだし。この頃インスタグラムでよく見かけるインテリアの写真のように、ドライフラワーでも買って年に数回手入れするくらいで十分だ。それだって余裕が出てきてからでいい。

ゆっくりのんびりやる、それが私だから。

※この短編は、Twitterでキーワードを募集し、その中から「飲みかけのサングリア(megumi様)」「ずっと空っぽの花瓶(豆の木様)」「就活失敗(おもち様)」の3つを選び書かせていただきました。投稿くださった皆様、ありがとうございました。

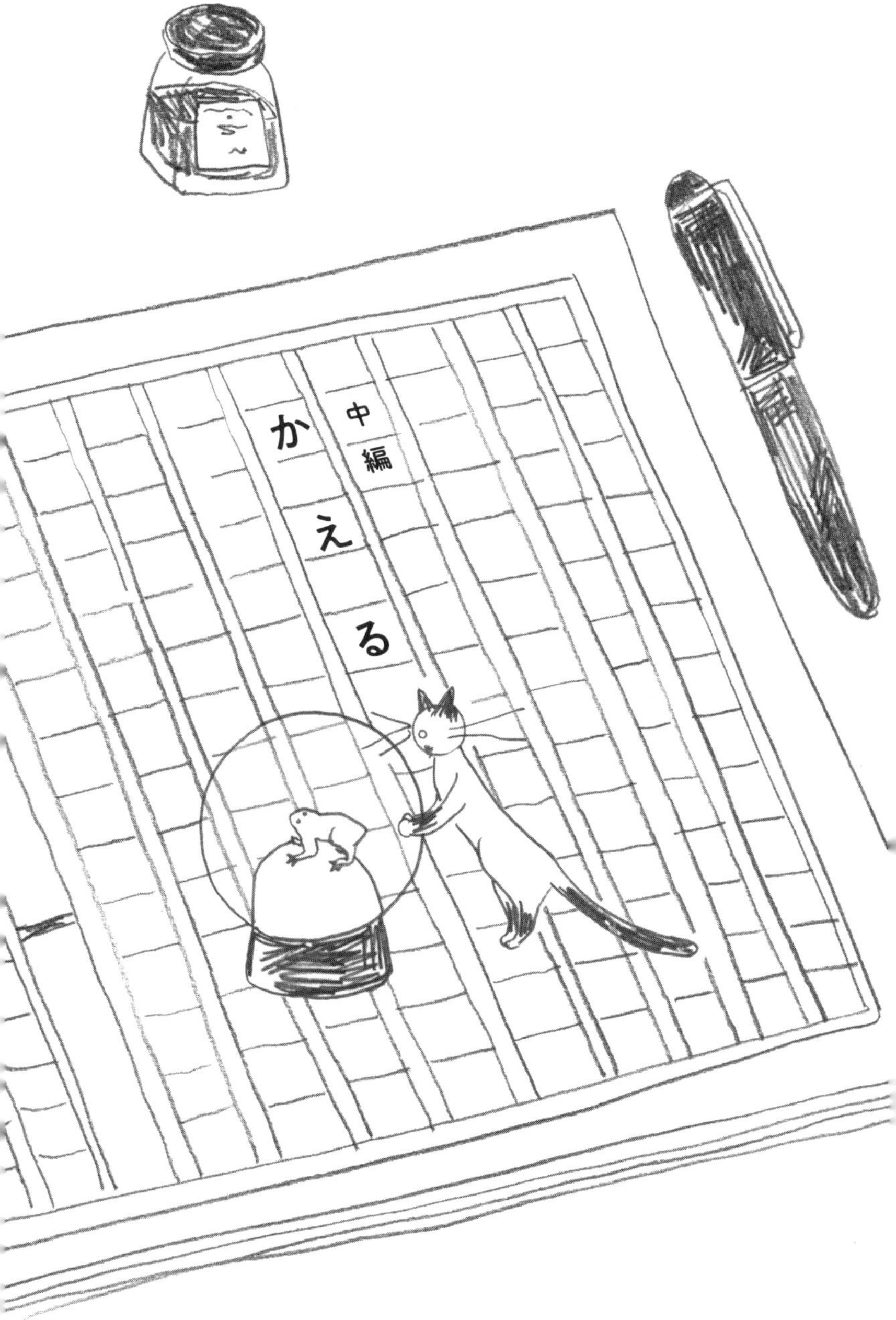
中編
かえる

彼女のことを思い出す時はいつも、森の奥の、深い緑を想像する。

その佇まいの向こうに濃い色を見ているのは、クラスメイトの中でも僕だけだろう。河野美桜子という名前は容易に薄桃色を連想させてしまう。実際、河野の友人は誕生日のプレゼントとしてピンクのハンカチを渡していたし、教室前の水道で使う淡い色のハンカチがとてもよく似合う女子だった。

生まれつき体が弱いという特徴も、儚げな印象を抱く理由の一つであったかもしれない。体育の授業で貧血になり、青い顔で保健室に向かっている場面をたびたび見かけた。傍から見る限りでは地味で大人しい生徒に見えたが、そんな時は否応なく目立ってしまうのだった。


だから僕は、河野の言葉をすぐには理解することができなかった。


「かえる？」

真夏の美術室は、放課後になっても蒸し暑かった。

僕と河野は美術部に所属していて、けれどもほとんど話したことがなかった。教室でも、美術室でも。関わる機会が多いのに関わり合いを持たなかったのは、青春へのちょっとした反抗だったように思う。河野は色白の、それなりに可愛いと言える顔をしていたが、それでも、いや、だからこそ僕は不自然に見えない程度の距離を置いていた。

そんな彼女が、かえる、と言った。呟くように言った。語尾が上がっていたから、正しくは「かえる？」だろう。

かえる。

かえる。

ああそうか、あの緑の、ぴょんと跳ねる両生類。三階にある美術室まで上がってきたのだろうか。

「え、カエル？　どこ？」

筆を置き、椅子から立って河野に近づいた。しかしどうも変だ。紙も筆も片付け、通学鞄を肩にかけた河野はほんのり赤い顔をして俯き、答えた。

「いや、もう暗くなってきたから、帰らないのかなって……」

僕は猛烈に恥ずかしくなった。

両生類などではない。「帰る？」と聞いたのだ、河野は。他人ではないが友達とも呼べない関係性が、僕の取り違えをいっそう気まずいものにしていた。

変な汗が湧き出てくるのと同時に、僕は雷に打たれたかのような衝撃を受けていた。あの河野が、僕に今から帰るかどうかを聞いている。それも、ここで「帰る」と言えば、連れ立って校舎を出ることになりそうな雰囲気だ。返事をする前に美術室を見渡した。

部活は終わり、顧問の先生も他の部員も既にここを出ている。いつの間にか二人きりになっていた。青春への反抗心は水をかけられたようにシュッと冷えて縮まり、僕は情けない声で返事をした。

「あ、うん。もう帰ろうかな……」

しかし、僕が片付けをしている間に河野は美術室の窓を閉め、廊下へとあっさり姿を消してしまった。

残念だと思いながらも少しホッとしている自分がいた。急に二人になったって何を話していいか分からないし、何より、カッチリ決まっていると思っていた僕らの距離感が、実は言葉一つで脆くも崩れてしまうほど弱々しいものだったという事実に動揺していた。

深く息を吸って美術室を出た。

「ワッ」

廊下に響くほど叫んでしまった。扉のすぐ横に河野がいた。ポニーテールの先っぽをくるくる指で回しながら、所在なげに佇んでいる。僕を待っていたのだ。わざわざ、暑い廊下で。

「どうかした?」

「もう帰ったのかと……」

「……なんか、ごめんね」

右手で心臓のあたりを押さえる僕を笑うでもなく、河野は背を向けて廊下を歩き始めた。その小柄な制服姿は、いつもの落ち着いた雰囲気に戻っていた。一つ、二つと息を吐き、僕は河野を追いかけた。窓の外では、暮れなずむ空に鳥が高く飛んでいた。

「河野はなんで美術部に入ったの?」

昇降口まで来て、ようやく口を開くことができた。僕にとってそれは「あなたと帰る気がありますよ」という意思の表明に他ならず、答えを聞くまでのほんの数秒間を永遠のように長く感じた。

「絵が好きだから」

「まあ、そうだよな……」

「雪平君は?」

ローファーを履きながら、河野はこちらを振り向いて言った。

茶色がかった毛先がふわっと揺れる。セーラー服の袖口から伸びる腕は教室や廊下で見るよりもほっそりして見えた。

「僕も同じかな。河野みたいに絵は上手くないけど、全然描けないってわけでもないし、他にやりたいこともないし」

「そんなことないよ。雪平君の絵はすごいと思う、私」

思いの外強い口調で河野は言った。褒めているのに怒っているかのような雰囲気だった。大きく開かれた目は、嘘をついているようには見えなかった。

「や、でも、河野みたいに全国で賞とかとれるレベルじゃないし……」

どうも気恥ずかしくなって目を逸らした。

河野は本気で僕の絵がすごいと思っているのだろうか？　校長室の近くに絵が飾られている河野と違い（僕の作品はかすりもしなかったコンクールで、河野は大賞をとったのだ）、自分の絵は家族や友達が上手いねと褒めてくれる程度のものだ。中学生の頃はいくつか地方の賞をもらったことがあるが、それきり。その状況から考えると皮肉としか思えなかったが、河野の表情からそういった類の意図は読み取れなかった。

「いつも審査員が正しいとは限らないよ。ううん、正しかったとしても、私はすごいって思ってた。私には描けないって」

通学鞄を持ち直し、河野は昇降口を出た。

「それはどうも……」

僕も慌ててその後を追う。河野の言葉には不思議な温度が宿っている、気がした。確かに僕の発言への返答になってはいるが、思いではなく事実を述べているかのような、あるいは本の一文を淡々と読み上げているかのような、そんな話し方だった。

知らない人と会話している気分だ。クラスも部活も一緒なのに。けれど、これまでまともに関わってこなかったことを考えれば、近い他人と呼んでいいかもしれない。実際のところ、僕は河野のことをほとんど知らない。体が弱くて大人しいというイメージがあるだけで、体験を伴う知識が、僕には一つもなかった。

駐輪場で自分の自転車を探し、正門に向かうと、やはり河野は高い位置で結んだ髪を風になびかせながら僕を待っていた。今度は素直に嬉しかった。

僕らの家は案外近くにあるらしい。自転車を走らせながら、これまでの空白を埋めるように話をした。

「河野も自転車に乗るんだ」

「え、どういう意味？」

「運動とかしなそうだから、車で送迎されてるのかと思ってた」

河野は声を出して笑った。黒いラムネ玉のような目は、笑うと三日月の形になった。

「そこまでひ弱じゃないよ。授業じゃないから自分のペースで休めるし。ていうか、そんなこと思われてたんだ」

日の落ちた街に笑い声が響くたび、ぼやけていた輪郭がはっきりと見えてくる気がした。気構える必要なんてなかった。河野は同じ景色を見て話ができる、普通の同級生だった。

目の前の信号がちかちか点滅し始めた。僕らは歩く速度を落とし、信号の前で止まった。

「ね、雪平君は大学に行っても美術やるの？」

河野は赤に変わった信号を見上げて言った。

「どうかな。僕の実力じゃ美大は厳しいし……。美術の教師って道もあるんだろうけど、人に教えるの、そんなに得意じゃないからなあ」

「そっか……」

「河野はどこの美大受けるの？」

あれだけの才能があるのだから、こんな片田舎を離れて大阪や東京に行くのだろう。けれど河野は苦笑いをして首を横に振った。

「大学には行かないかも」

僕は耳を疑った。普通の大学に行くならまだしも、行かないなんていう選択肢が出てくるとは思ってもいなかった。

「嘘、なんで？　せっかく才能あるのに」

「ありがと。でも、勉強したいこともないし、実家の仕事を手伝うのもいいかなって」

「実家って、何してるの？」

「定食屋さん」

どう反応していいか分からなかった。

定食屋さんで働くって、あの河野が？　確かにエプロンやお皿は似合いそうだが、絵の才能を捨ててでもやるべきことなのだろうか？　直感のまま反対しそうになったが、僕はぐっと言葉を飲み込んだ。将来についてどうこう言えるほど、河野のことを理解できているわけではない。少なくとも、今はまだ。

「じゃあ私、こっちだから」

信号が青に変わると、河野はすぐに左折して遠くへ行ってしまった。僕はしばらくの間その背中をぼうっと眺めていた。見え始めていた彼女の輪郭がまたぼやけてきた。制服の白シャツから抜け出した魂は、進めば進むほど出口が遠くなる森の中に迷い込んでしまった。

そして、河野は信号なんて待たなくても良かったのだ、と気づいたのは、ずっと後になってからのことだった。

「帰る？」

河野は次の日も僕に声をかけた。その次の日も、週が明けても。美術部の二年生は僕と河野だけだから、今更ではあるが仲良くしようと考えたのかもしれない。

河野のことが少しずつ分かってきた。

意外にも流行りのロックバンドが好きなこと。最近母親からカメラを譲ってもらったこと。料理は苦手なこと。それから、鼻の近くにニキビができている時は朝から俯きがちなこと。

キリのいいところまで描いてから帰りたい、という理由だけで時々美術室に残っていた僕も、この頃意識して遅くまで描き続けるようにしている。おかしな話だが、学校から帰るために学校に来ているような気もした。日を重ねるたびに、河野の表情は豊かになっていった。

だから近頃、クラスメイトの花屋と河野が話しているのを見るたびに胸がキリリとする。

「なーなー、河野。ノート見せて。さっきの授業半分寝てたんだよね」

両手を合わせる花屋に、河野は怒るでもなくむしろ嬉しそうな顔でいいよ、と答えた。

「花屋君、最近よく寝てるよね。部活忙しいの？」

「そーなの。大会前だからマジきついわ、ほんと」

悔しいが、花屋は僕よりも数倍顔が整っている。バスケ部のエースで、女子とも臆することなく話せる、いわゆる一軍男子だ。裏では顔の良さで女子のランキングをつけていたりもするが、その程度の悪でしかない。髪を切った女子に対して「可愛いじゃん」とはっきり言えるその姿が最初はムカついていたが、今は尊敬の念を覚えている。僕にはできない。

彼の瞳の奥にはいつも赤い炎が見える。だから熱くて近づけない。ほんの時々、ふっと息を吹いてその炎を消してやりたくもなるが、そんな行動を起こす勇気と気力は、僕の身体のどこを探してもありはしないのだった。

そんな花屋は、たぶん、僕が嫌いだ。

「雪平って、部活何入ってんだっけ？」

二限が終わった後の休み時間、斜め前の席に座る花屋は僕のところに来て言った。

「美術部だけど」

「マジ？　じゃあ河野と一緒じゃん」

長い前髪を横に流している花屋はやけに大きな声で河野の名前を口にした。クラスの数人がこちらを振り向く。その口調は明るいのに、僕にはどうしても目が笑っていないように見えてしまう。

「二人、仲いいの？」

その質問が来た瞬間、本当は僕の部活なんて興味がなくて、これが聞きたかっただけではないかと思った。そして、実際のところこちらの答えも分かっていて、ただ答え合わせがしたくて聞いているような気もした。少しだけ刺すような返事をしたくなった。

「それなりには、ね」

花屋の眉がぴくっと動いた。僕はコップ一杯分の爽快感を味わった代わりに、恐怖と罪悪感の雨に晒された。

「へー。ま、部活一緒だとそこそこ話すよなぁ。二人が喋ってるとこ、あんまり想像つかないけど」

「まあ、部活終わりにちょっと話すくらいだけど……。花屋こそ、河野とよく話してるよね。

中学同じなんだっけ？」

「そうそう！　俺、中学ん時保健委員やってたんだけど、アイツ昔から体弱いからさぁ、何回も保健室まで付き添いして……」

花屋が河野のことをアイツと呼んだ瞬間、酸素と共に黒い何かが肺に取り込まれ、身体中に染み込んでいった。花屋の声が遠く聞こえる。意識を繋ぎとめようと、手に持っていたボールペンを強く握りしめた。

「そうなんだ」

謝るように相槌を打つ。耳を塞いでしまいたいと思うくらいには、河野が特別な存在になっていた。


七月にしては涼しい夕暮れ。部活終わり、河野は急に真剣な顔になって言った。

「雪平君。私のお願い、聞いてくれる？」

昇降口に向かって廊下を歩いている時だった。河野はぴたりと立ち止まり、壁に掛けてある絵画を見つめた。昨年のコンクールで大賞をとった河野の作品だ。一本の大樹の上で様々な種類の生物が暮らす様子が描かれている。まるで目の前で見てきたかのようなリアルな質感とディテールの中に、河野の才能が恐ろしいほど光っていた。

「お願い？」

「うん。この絵の後ろに、紙と額の間に手紙を入れてるの。もしも私が急にいなくなったりしたら、封筒に書いた宛先に、その手紙を届けてくれないかな？　大切な人に宛てて書いた手紙だから」

心臓が大きく鳴った。河野の視線は僕の方に真っ直ぐ向いている。廊下からは恐ろしいほどに音が失われていた。ここだけ時が止まっているかのようだった。僕はなぜか、次に発する言葉を慎重に選ばなければならないと思った。もし一文字でも間違えれば、永遠に何かを失ってしまう気がした。

「いいけど……なんで僕に頼むの？　それに、いなくなるってどういうこと？」

そこまで言い終わって、一番気になる質問を無意識に避けていたことに気づいた。

河野の大切な人って、誰だ？

なんとなく家族ではないのだろうと悟った。頭の中には花屋の顔が浮かんでいた。だから聞けなかった。

「私、雪平君のことはすごく信頼してるんだ。全く嘘をつかない人ではないけど、嘘をつく時、すごくバツが悪そうな顔をするの。気づいている？　だから任せられるなって。実際いなくなるかは分からないけど、保険みたいなものだよ」

帰ろう、と河野は歩き始めた。僕は疑問と不安と少しの嬉しさで混乱したままで、その背中が廊下の曲がり角で消えるまで動けずにいた。

ハッと我に返った僕は全力で駆け出した。嫌な予感がした。部活仲間としての距離感も忘れて、ポニーテールを揺らして歩く河野の腕を掴んだ。手で触れると、想像以上に細く弱々しい腕だと感じた。僕は慌てて力を緩めた。

「あのさ……こういうこと聞くのアレかもしれないけど……体が悪いとか、そういうこと？」

前はそんなにひ弱じゃない、と言っていたが、普段の河野を見ているとそう思わざるを得なかった。今週も体育を見学していて、グラウンドの隅にぽつんと立っているところを見た。花屋か、あるいは他の誰かに遺言を残したくなるほど、悪化しているのではないだろうか。

けれどこちらを振り向いた河野は三日月の目で微笑んだ。

「そうじゃないよ。ほら、私達もそろそろ進路とか考えなきゃいけない時期でしょ。それで、未来って想像以上に不安定だなって思ったの。いつ何が起こるか分からない。だからいつ何が起こっても大丈夫なように、言葉を残しておきたくなったんだ」

河野の腕は僕の手を抜け、ふっと離れた。

「そういうの書くと、本当に事故とか起こるらしいよ」

「え、そうなの？　うわあ、やめとけば良かったかな」

廊下にいつもの空気感が戻り、僕らは隣に並んで歩き始めた。右手には、ほのかに温かい腕の感触がまだ残っていた。

河野が倒れたのはその翌日だった。

全校集会でゴッと鈍い音が響き、数名の女子が悲鳴を上げた。駆けつけた先生によって運ばれていったのは河野だった。その顔は血が通っていないのではないかと思うほど真っ白だった。

河野が全校集会で体調を崩すことはこれまでも何度かあった。とは言え、その場に少ししゃがみ込む程度で、その後は自力で保健室へ行けていた。でも今回は違う。

「美桜子ちゃんどうしたの⁉」

「分かんない。急に頭から倒れて……」

クラスメイトがひそひそと話をする中、全校集会は何事もなかったかのように続けられた。もしも私が急にいなくなったりしたら、と語った河野の声が頭の中を埋めていく。


河野はこのまま死んでしまうのではないか。

そんな未来を想像した瞬間、僕は気づいた。何度も一緒に帰っているのに、僕らは大切な話が全然できていない。変に踏み込んで嫌われるのが怖くて、河野が大学に行かない理由も、手紙に書かれた内容のことも、何一つ聞けないままだった。


全校集会が終わり、僕を含めた生徒達はぞろぞろと教室に戻った。引き出しから教科書を取り出し、次の授業を待つ。けれどどうしても胸がざわついた。教科書をぱらぱらとめくっても、先週書いたノートのページを見返しても、指の震えが止まらない。僕は教室を飛び出した。決して速くはない足で、それでも全速力で廊下を駆け、階段を下り、保健室へと向かった。

「ほんと、ありがとね」

保健室の扉の向こうから河野の声がした。

息の上がった身体から力が抜けた。

良かった。生きてるんだ。なんだ、考えすぎだった……。ふうと息を吐いた僕の頭を思いきり殴るように、彼の声が続いた。

「いや、俺が勝手に心配してるだけだから」

花屋の声は教室で聞く芝居がかった感じではなく、まるで別人のように落ち着いたトーンだった。映画のワンシーンを無関係の通行人が盗み見ているような気分だ。花屋は僕が教室でモヤモヤしている間に、あるいは一度も教室に戻ることなく、河野のそばに駆けつけていたのだ。僕は、僕のかっこ悪さが染みて、染みて、泣きたくなった。蛍光灯が切れてしまったのか、昼間なのに薄暗い廊下の真ん中でぎゅっと目を閉じた。帰ろうと足を踏み出した瞬間、保健室の扉が大きく開く音がした。

「何してんの?」

花屋は僕の背中に問いかけた。不気味な沈黙が廊下を満たしていく。

「……」

「……入れば」

低い声を残し、花屋は僕の横を通り過ぎていった。スタスタと鳴る乾いた足音が遠くなっていく。その姿が小さくなり、やがて見えなくなってから、ようやく河野に会う勇気が湧いてきた。

保健の先生はどこかに出ているようで、白く清潔な室内はがらんとしていた。窓から差し込む日差しが眩しい。手前のベッドにだけカーテンがかかっていて、きっとそこに河野がいるのだろうと思った。

「河野？」

「……はい」

カーテン越しに返事が聞こえた。恐る恐るカーテンを開けると、ベッドの上で上半身を起こした状態の河野が見えた。珍しく髪を下ろしているその姿はまるで別人のようだ。いつもはほんのりと朱が差している頬は、真冬の海のように青白かった。

「体調、大丈夫？　急に倒れたから驚いたよ」

「うん。今は平気。でも、このまま早退することになっちゃった」

「そっか」

河野は膝の上で自身の両手をぎゅっと握った。半分開いた窓から生温かい風が吹く。僕は近くにあったパイプ椅子に腰を下ろした。

「ちょっと様子見に来ただけだから、寝てていいよ」

「大丈夫。もうすぐ親が迎えに来るんだけど、横になるとすぐ寝ちゃいそうで」

白い光に縁取られたその顔を見つめているだけで胸がいっぱいになる。遠くで授業開始のチャイムが鳴っていた。僕は生徒達を急かす音を聞き流し、河野のそばから離れなかった。

河野が生きている。

それだけで嬉しくなってしまう僕を、もう隠すことはできなかった。

「戻らなくて大丈夫？」

河野は心配そうに尋ねた。

「いいよ。なんか、授業って気分じゃないし」

「ふふ、いつもは真面目な雪平君が急に不良になっちゃった」

クスクス笑う河野につられて僕も笑った。花屋の声が耳に残ったままでも、二人で話すだけで目の前の霧が晴れていくようだった。河野が気を遣ってくれているのかもしれないが、今はこの空間が不思議なほど心地よかった。身体から力が抜けている。いつまでも二人で話していられるような気がした。

「河野ってさ……強いよね。こういう時も落ち着いてて」

「そうかな？」

「僕だったら、急に倒れたりしたらパニックになってると思う。僕の身体、どうしちゃったんだ？　って」

河野は胸元まで伸びた黒髪の先を摘みながら言った。

「昔はね、私もよく泣いてたよ。こんな身体で生きていけるのか不安で……。でも、今はこのままで生きていく決心がついたんだ。私ね、思うの。人は悲しいから泣くんじゃなくて、自分が可哀想だから泣くんじゃないかなって。色んなことがみんなと同じようにできないのは悲しいけど、そんな自分が可哀想だとは思わないことにした。だから、なんていうんだろう、時々こういうことがあって、水面にさざ波は立つけど、湖の底は穏やかって感じ……伝わるかな？」


その言葉を聞いて、森の奥にある小さな湖を思い浮かべた。晴れの日も嵐の日も同じように静かな濃紺の水底で、河野が一人眠っている。長い髪の毛が水の中で広がる。何にも邪魔はされないが、小鳥の美しい鳴き声も、梢を揺らす風の音も、どこか遠い――。

「ああ、イメージはできたかも。それにしても、自分が可哀想だから泣く、かあ。すごいな、河野は同じものを見ている時も、僕よりもずっと深いことを考えてる気がする」

「ええ、そんなことないよ」

音楽室から合唱が聞こえてくる。一年生の頃に自分達も練習した歌だった。お互い、無意識のうちに唇だけを動かしていた。

「……髪、何かついてるみたい」

河野の細い手が僕の耳の上あたりへ伸びてきた。

一瞬、花のようないい香りがして、緩んでいた心の糸がピンと張り詰めるのを感じた。ホコリかな、と河野は摘んだ指を離して言う。その目の近さに動揺した。

「どうも……」

ただその無事を確認したかっただけなのに、好きだと言ってしまいそうになった。

ぱちぱちと動く睫毛の一本一本まで鮮明に見える。光の粒が浮かぶ瞳の中に吸い込まれそうで、そんな自分が少し怖かった。

河野は僕をどう思っているのだろう。部活終わりには「帰る?」と声をかけてくれるが、それ以上のことはない。最近よく話す部活の仲間、くらいの認識だろう。一方通行なのだ。

河野が生きているだけで心が震えるのは僕だけで、こんな気持ちをぶつけたらその瞬間に溝ができてしまう。初めて河野に声をかけられた、あの放課後より前の僕らのように。何度も深呼吸をして、僕はやっと口を開くことができた。

「いつかさ、河野をモデルに絵を描いてみたいな」

「本当？　でも私なんかがモデルになっていいのかな」

河野は目を細くして笑った。

「もちろん。きっといい絵になると思う」

「ありがとう……。ちょっと恥ずかしいけど、雪平君が私を描くとどんな風になるのか気になるなぁ。じゃあ、いつかモデルさせてね」

その後、保健室に戻ってきた先生に追い払われ、僕は河野のそばを離れた。

静かな廊下を歩きながら未来のことを考えた。河野の心の奥が知りたい。何を考え、どう生きていくのか知りたい。教えてほしい。部活からの帰り道で真剣に聞いてみようと決めた。

臆病な僕がこれまで聞けないでいたことを。

河野の姿を見たのは、その日が最後だった。

昼間は一時的に回復したものの、夜になって容体が急変したそうだ。窓際の席がぽつんと空いた教室で、先生は「落ち着いて聞いてください」と前置きして河野のことを話した。クラスメイトの多くは声を上げて泣き、その他も信じられない、なんで、と言ってざわついていた。

僕は妙に落ち着いて、ぼうっと黒板を見ていた。作り話を聞かされている気分だった。授業が進むにつれ、悲しみに包まれていた教室にもいつもの笑い声が響くようになっていた。まだ一日は終わっていないのに。数時間前に、河野が息を引き取ったと聞かされたばかりなのに。涙一つ流れない身体の奥で、ただ腹立たしさだけが膨れ上がっていた。

放課後、鞄を肩にかけて帰ろうとすると、まだ花屋が泣いていることに気づいた。自分の席で俯き、時々窓の方の席を見つめて、目を真っ赤にしていた。花屋の友人達は彼を根気強く励ましながらも、なぜここまで感情的になっているのかと戸惑っている様子だった。僕はごめんと謝りたい気がした。そんなことをしたって、誰も救われないというのに。

家に帰っても僕はぼんやりしていた。普段通りに両親と夕食をとり、風呂に入り、部屋を暗くしてベッドに入った。気がついたら寝ていた。目が覚めたのは深夜二時だった。カーテンの隙間から差し込む月明かりで、河野との約束を思い出した。

行かなければ。

僕は考えるよりも早くパジャマのズボンからジーンズに穿き替え、スマホと家の鍵を引っ掴んで家を飛び出した。三日月が美しい夜だった。自転車を走らせながら、夜の学校って入れるんだっけ、と考えた。門は閉まっているはずだが、だからと言って引き返す気はない。ペダルを漕げば漕ぐほど息が上がっていく。人も車もほとんどなく、無意味に点滅を繰り返す信号は幽霊の案内をしているかのようだった。僕は信号の色も見ないでただひたすら深夜の通学路を進んだ。

「もしも私が急にいなくなったりしたら、封筒に書いた宛先に、その手紙を届けてくれないかな？」

河野の言葉が、あの放課後の風景が、頭の中で何度も繰り返された。

辿り着いた正門の前で自転車を降り、僕の背丈よりも頭三つ分高い鉄の門に対峙する。身体中汗だくだ。助走をつけて正門をよじ登った。錆びた鉄で服を汚しながら、どうにか門の向こう側に行くことができた。

遠くに見えるどの昇降口も閉まっている。けれど僕は一カ所だけ開いている可能性がある扉を知っていた。外階段から三階に上がり、分厚い扉の取っ手を回す。案の定開いた。美術室前の廊下へと繋がるその扉は、あまり使われないせいか、大抵施錠されていなかった。

息を切らしながら階段を降り、あの絵の前へ辿り着いた。昼間見るのとは違い、今は生き物達が木の上にひっそりと隠れている絵に見えた。キャンバスの前で河野が絵筆をとった膨大な時間が、丁寧に描かれた葉脈や動物の毛並みの向こうに見える。

河野はここにいる、と思った。窓際の席でも、美術室でもなく、この絵の中から確かに息吹を感じた。

壁から絵を外し、そっと裏返す。

金具をずらして裏板を取ると、確かに白っぽい封筒が入っているのが分かった。表面に何か書いてあるが、暗くてよく見えない。宛名だろうか。昨日見た花屋の背中が脳裏に浮かんだ。それでも約束通り僕が届けるしかない。河野の言う「大切な人」が誰であろうと。

ポケットからスマホを取り出し、ライトのスイッチをオンにした。封筒を光にかざすと『雪平君へ』という文字が見えた。

　僕はその場に崩れ落ちた。後悔と嬉しさとどうしようもなさでぐちゃぐちゃになって、封筒を強く握り締めた。

「なんだよ……」

　なんだよ、僕かよ。言ってよ。いや、言えるわけがないか。だからこうして手紙を書いたんだから。僕は深く息を吸った。こんなに、こんなに話をしたいのに、河野はもういない。いなくなってしまった。

　硝子窓の向こうで、青白く照らし出された木々が揺れていた。

　僕は手紙を開いた。中の便箋には、ボールペンですっきりとした文字が綴られていた。

『雪平君へ。大切な人に届けてなんて嘘ついてごめんね。そして、約束通りこの手紙を手に取ってくれてありがとう。主治医の先生から長くは生きられないと言われて、この手紙を書くことを決めました。雪平君に私の気持ちをきちんと伝えておきたくて』

　僕は美術室で初めて声をかけられた時のことを思い出していた。ほのかに頬を赤く染めていた河野の姿を。

『実は、雪平君のことは中学生の頃から知っていました。雪平君の絵、夏のコンクールで入選してたよね。私は展示会でその絵を見たんです。衝撃を受けました。同い年で、こんなに独創的で奥深い世界を描く人がいるんだって。私が絵を描き始めたのは雪平君がきっかけです。同じ高校の同じクラスになれたのは偶然だけど、嬉しかった。話をしてみたかった。でも仲良くなれたって私はそう長く生きられないし、関わった方がつらいかもしれないと思って、最初の一年は近づくこともできませんでした。こういう運命なのかなとも思いました。だけど、せめて一回だけは話しかけてみようと決めたんです。そう決めた後も恥ずかしくてなかなか声をかけられなかったけど……。春が過ぎて、夏になって、部活終わりで二人きりになれた日に、ようやく雪平君に声をかけました』

そうだ。あの日、河野は僕に「かえる?」と尋ねた。たった三文字で僕らの距離が変わったことに驚いたけれど、それは当然だったのだ。河野は長い間、偏屈で臆病な僕を見つめていてくれたのだから。

『一回だけ、と思っていたのに、やっぱり駄目でした。何度も何度も、いつまでも話していたくなってしまいました。そしてそのうち雪平君の絵だけではなくて、雪平君自身にも惹かれていきました。大学生になるまで生きられるか分からなくて、進学だって諦めていたのに、雪平君と同じ大学に通えたら、と強く願わずにはいられませんでした。まだ死にたくないと久しぶりに泣いてしまいました』

河野の文字は少しずつ細く弱々しくなっていった。いくつかの文字は涙のせいかじわりと滲んでいた。

『雪平君はいつも自信がないですよね。素敵な目を持っているのに。雪平君は人や言葉の奥に見えないものが見えている人だと思います。絵を見れば分かる。私のことはどんな風に見えていたのかな。これは、聞いてみればよかったな。それから雪平君、どうか人の言葉に負けないで生きてください。弱くても勝てるよ、私がそうだったから。……なんて、説教臭くてごめんね。もう隣で励ますことはできないから、つい色んなことを言いたくなってしまいますね。いつもはそんなに口数が多い方じゃないのに』

残された便箋は最後の一枚になっていた。

『随分迷ったけど、やっぱり雪平君と一緒にいられてよかった。大切な人と同じ時間を過ごせたことが、私の人生にとってかけがえのない宝物です。私の気持ち、少しは伝わっていたかな。せっかく出来上がった関係を壊すのが怖くて、最後まで気持ちを口に出すことができなかったけど、正直、部活のたびに「帰る？」って声をかけるのは「あなたが好きです」って叫ぶのと同じくらい恥ずかしくて、毎回死んじゃいそうでした。断られたらどうしようって。だって私、雪平君のことが本当に大好きだったから。もし生まれ変わったら、今度はもっと色んなところに誘って、ちゃんと思いを伝えて、思いっきり恋をやり通せたらいいな。でも、今はもうさよならを言わないといけませんね。雪平君、今までありがとう。大好きな人と過ごせた私の人生は幸せでした。河野美桜子』

唇が震え、呼吸が苦しくなった。それから僕は耐えきれず、声を上げて泣いた。

僕は馬鹿だ。そうだ、あの内気で遠慮がちな河野が、どう思われているかも分からない僕に「かえる？」と毎日毎日声をかけ続けてくれたのだ。

どれだけ勇気が要っただろう。

なのに僕は、もっとはっきりした言葉が欲しいとすら思っていた。与えられることばかり願っていた。少し考えれば分かったはずだ。河野が自分という殻を破って、うんと背伸びをしていたことに。だって僕は、河野が生きているだけで胸がいっぱいになるほど好きだったのに、ずっと自信がなくて、自分からはただの一度だって「帰ろう」と声をかけることができなかったのだから。

涙で濡れた頬を拭う。一度だけでいい、時間が戻ってくれればと考えずにはいられなかった。河野に会いたい。数秒間でいいから会いたい。好きだと言えばよかった。もし僕が伝えていたら、すれ違ったままで終わることはなかったかもしれない。

そうやって過去を見続ける僕を残して、夜は淡々と過ぎていった。


夏休み、僕は画塾の夏期講習に行くことを決めた。少しは描けるという自信があったが、そんなちっぽけな自信はすぐに講師の爪先で弾き飛ばされてしまった。描いても描いても駄目な部分を指摘される。何より、年下の受講生のデッサンが自分よりずっと上手いのを見ると落ち込む。有名美大を目指すにはまだまだ実力が足りない。

それでも描きたいものがあるから昔よりも打たれ強くなった。ただひたすら鉛筆を握り続ける生活にも慣れてきた。想像していたよりもずっと基礎的な部分から学んでいく必要があるが、今は自分の感性を信じてみようと思う。そのうち、約束通り河野の絵も描くつもりだ。

美術を学び、河野が褒めてくれた僕の目を育てられたら、その時はきっと。

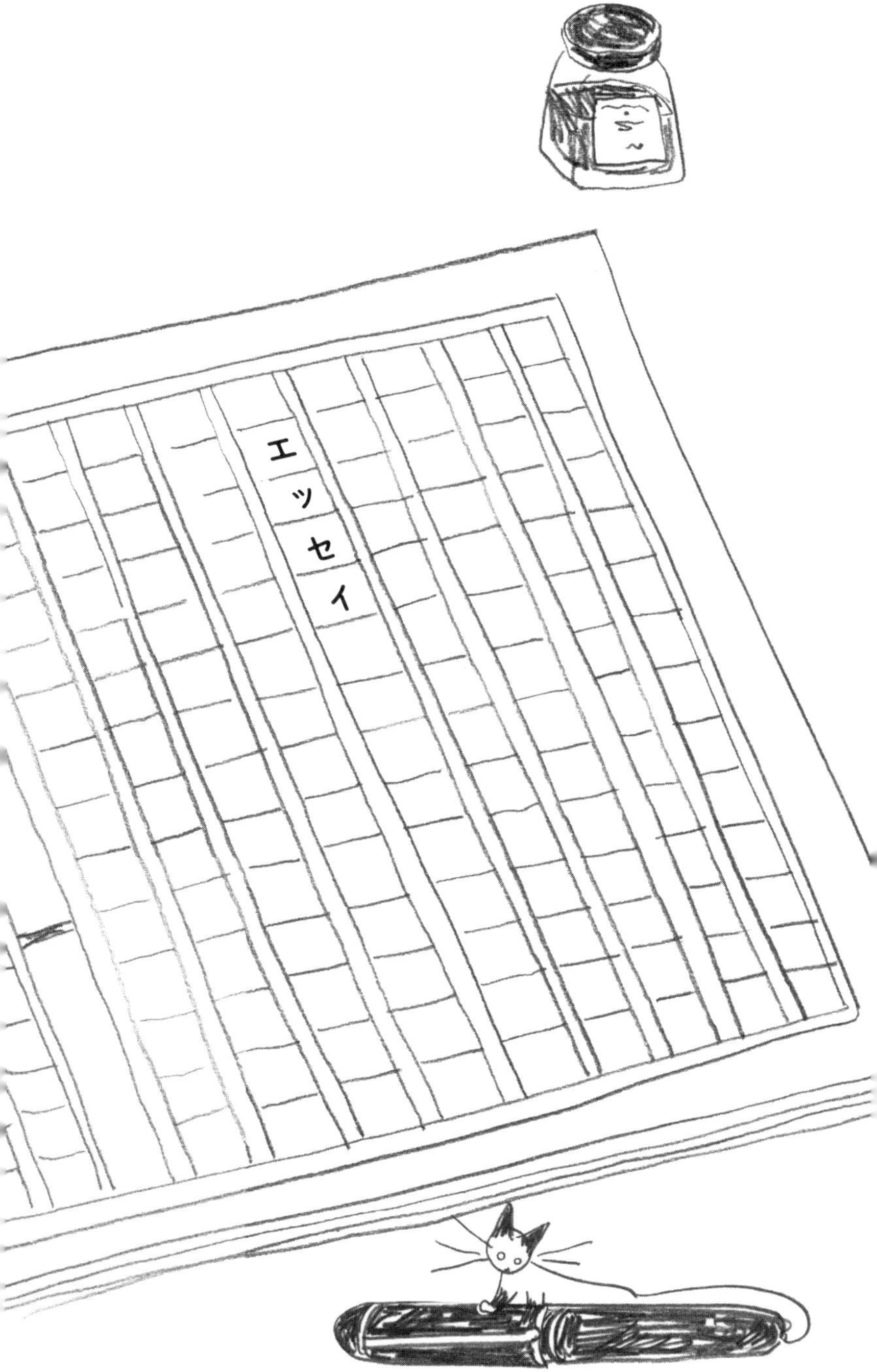
エッセイ

金欠のサンタさん

我が家に来るサンタさんは金欠だった。

小学生の頃、クリスマスが近くなると当時住んでいた団地のポストに某おもちゃメーカーから届いたカタログが入っていた。アイスクリームメーカー、子供向けメイクボックス、小型ゲーム機など欲しいものは山ほどあったが、選べるものはほんのわずかだった。なぜなら母は私に「サンタさんは二千円以下のおもちゃしかくれない」と言い聞かせていたからである。

不思議なことに当時はそれほど不満には感じていなかった。サンタさんとはそういう人だと思い込んでいたからだ（我ながら素直な子供だった）。私は赤い油性ペンで二千円以下の商品に丸をつけ、その中から選ぶことにした。

しかしあまりにも品数が少ない。選べるのはせいぜい幼児向けのおもちゃかキーホルダーくらいだった。

私はついにカタログから選ぶのをやめた。そして考える。なんとか二千円以下で楽しめるものはないか……。

そうして辿り着いた答えがシングルCDだった。当時流行っていたアニメ映画の主題歌で、できればフルで聴きたいと思っていたものだ。クリスマスの朝、なぜか枕元ではなくベランダに袋があったことには驚いたが、ＣＤを手にできた私は舞い上がった。家にあった黄色いＣＤプレイヤーで何度聴いたことだろう。働き始めてからそれなりに経った今でもそらで歌えるくらいには夢中になった。

しかし喜んでいられたのは冬休みが明け、小学校が始まるまでだった。

当時の親友がクリスマスに電子ピアノをもらっていたからである。私がもらったものの十倍、いや百倍は値が張るだろうか。まさに落雷のような衝撃だった。

私はいつもより早足で家に帰り母に尋ねた。「どうしてサンタさんは他の子には高いものをあげるの？」と。

母は表情一つ変えずに答えた。

「よそんちのサンタさんだからね」

私はなるほどと頷いた。うちに来るサンタさんは特別お金がないのだ……。

サンタさんとは無関係だと思うが、料金が高いという理由で私は大学生になるまで携帯電話を持たせてもらえなかった。

そのため高校生の頃は数年かけて貯めたお金で中古のゲーム機を買い、そのゲーム機でウェブ小説を読んだり書いたりしていた。お陰でそのゲーム機での文字入力速度はかなりのものだ。今となっては何の役にも立たないが。

バイトは禁止で本を買うお金もないので、図書館にこもり、一日中本を読みまくるということもよくやった。好きな海外アーティストのＣＤが買えず、地元のレンタルショップで借りられるようになるまで年単位で待ち続けたことも一度や二度ではない。私の学生時代にもサブスクリプションというものがあったならと、今でも時々願ってしまう。

エンタメ作品に飢えていた経験もあり、私の作品は極力誰でも手軽に楽しめるようにしたいという思いがある（書籍やＣＤなど現物として売るものはそうもいかないが）。友人からは何度も有料サービスで作品を出すように勧められてきたが、それは何か違うなあと感じ、結局一度も出さなかった。

毎月定額をサポーターから課金してもらえるサービスも使っていたが、申し訳なさに耐えられず結局やめてしまった。学生時代、もっとお金があればと悔しがった自分の顔がチラつくのである。

余裕のあるスポンサーからお金をもらい、一般的な読者には無料で楽しんでもらえる小説のモデルを作れないか？　ということを同僚に相談したら「それは……義賊の思想だね！」とからかわれたこともあった。確かにそうかもしれない。


けれど、時代は徐々に私が理想としていた形に近づきつつある。最新の音楽がYouTubeで聴けて、Netflixでいくらでも面白い映画が見れ、プロの漫画家さんがウェブで連載している超面白い作品をいつでもスマホから読むことができる。

昔に比べると冬の空を駆け回るサンタさんの肩の荷はだいぶ軽くなったことだろう。

今頃、我が家に来ていた金欠のサンタさんは元気にしているだろうか。

アルバイト戦記

お金を稼ぐのはいつの時代も大変だ。

大学生の頃、留学と自動車学校のためのお金を貯めたくて様々なアルバイトをした。寿司屋のホール、雑貨屋のレジ打ち、アパレルショップの接客、シナリオライター、引っ越しの手伝い、イベント会場の設営、子供の見守り、綿あめ作り……挙げるとキリがない。

そして得たものはお金だけではなかった。私はアルバイトの経験を経て社会の理不尽さを十二分に知った。


中でも参ったのはチケット販売のアルバイトだった。

昨今のチケットには様々な割引が存在するが、これが何かと厄介なのだ。例えばシニア割。私が担当したイベントでは六十歳以上のお客さまが割引の対象となり、チケットカウンターで割引の適用をするという流れになるのだが、事はそう簡単にはいかない。

お客さまがカウンターに来てすぐさま「シニアのチケットを二枚ください」などと申し出てくれる場合はいい。問題はそれ以外の場合だ。現場の責任者からは「六十歳以上に見えるお客さまには積極的に割引のお声がけを」と言われているが、冷静に考えて五十九歳と六十歳の見分けが簡単につくだろうか？　無理だ！　高性能なＡＩですら

100％正確な年齢判断はできないのに。

私も何度かトライしてみたが、シニア割の案内をしたお客さまには「自分がそんな歳に見えるのか！」と怒られ、まだ五十代かな？　と思い、通常の大人料金で精算しようとしたお客さまには「どうして割引の案内をしないの！」と怒られ、すっかり気落ちしてしまった。私は人から大声で怒鳴られることが大の苦手なのである。

上京してからは様々なチケットが機械によって売られているのを見て妙にほっとした。


たった一日やっただけなのに一生忘れられないアルバイトもある。

百貨店のエレベーターガールだ。

当時私は百貨店の中に入っているアパレルショップで接客をしていて、洋服を買いに来たお客さまを発見したらすかさず「何かお探しですかー？」と声をかける毎日を送っていた（余談だが、こういったアパレルショップで店員から声をかけられたくない場合はとにかく洋服に触れず店内を高速移動するといい。洋服に触れてじっくり吟味しているお客さまが一番話しかけやすいので、その逆をいくのである）。

そんなある日、フロアマネージャーが来て「神田さん、明日からしばらくエレベーターに乗ってくれない？」と突然頼まれた。なんでも百貨店の上階で大きなイベントがあるのだが、エレベーターガールの数が足りなくなってしまったそうだ。恐ろしいことに詳しい説明を受けられないまま、私はエレベーターの中、雪崩のように押し寄せるお客さまを迎え入れる仕事を任されることになった。

私の体に異変が起きたのは昼休憩の時だった。百貨店のバックヤードで在庫の山に見守られながらサンドイッチを食べていると、急に目眩と耳鳴りが止まらなくなったのだ。思うに、エレベーターに乗り続け、通常では考えられないほど気圧の変化に晒されているうちに体調不良になってしまったのだろう。しかし当時の私は気が弱く「まあ、あと半日で仕事は終わるし……」とそのまま業務を続行してしまった。

その頑張りが失敗だったと気づいたのは深夜だった。結果から言うと、私は全く眠れなかった。目を閉じると頭がぐあんぐあんと回り、ベッドに横になっているのに上に行ったり下に行ったりし続けているような感覚に陥るのだ。地下に行っては最上階へ。最上階に行っては地下へ。本職のエレベーターガールの方々は毎日こんな状態になっているのだろうか？

出勤前、私は所属している部署に電話をかけ「すみません、エレベーターに乗るのはもう無理です……」と震えながら話した。エレベーターガールの仕事をしたのは後にも先にもその一回だけだった。


つらいことも多いアルバイト経験だったが、就活前には大いに役立った。何しろ、自分が苦手な仕事があらかじめ分かっているのである。それさえ知っていれば最悪の事態は免れる。

私は東京に出て、チケットも売らず、エレベーターにも乗らない仕事に就いた。愚痴を言いたくなることもあるが大抵夜は眠れている。よくやった、と学生時代に苦労した自分を褒めてあげたい。

そして、接客業に従事する方々にはなるべく優しくしようと心に決めている。

遺伝酒

いつの間にか自分の両親と同じ酒の飲み方をしていた。

私の父はアルコールに強く、何杯飲んでも顔色が変わらない。母はその逆で、グラスにほんの少し入ったカクテルを飲むだけでベロベロに酔っ払ってしまう。そのため、(おそらく母に合わせて)両親は年に数回、何らかの記念日にしか晩酌をしない。幼い頃は酒という謎めいた液体に興味があり、もっとテーブルに出てこないものかと期待していたが、気がつけば私もほんの時々しか酒瓶を開けないようになった。事実、私の家には酒の類を一つも置いていない。単なる遺伝と片付けてしまえばそれまでだが、今日に至るまでには酒にまつわるいくつかの出来事があった。


二年前の話だ。上司や同僚と連れ立ってしょっちゅう渋谷の居酒屋に行っていたが、回を重ねるごとに私は居心地が悪くなってしまった。というのも、どうやら一部の酒飲みの嗜好と私の嗜好の間には深い溝があることに気づいたからだ。

まずもって私は食べることが好きである。それは飲み会の席でも変わらない。特に夜は米かパンか、どちらかの炭水化物をとらないと心地よく眠れないタイプだ。そんな私が飲み会で銀鮭チャーハンを注文した日に上司が半笑いしながらこう言った。

「飲み会でめっちゃ飯食おうとしてるやつおるやん。ウケる」

ほんとだー。え、誰ー!?

私である。

よくよく見てみると、確かに私以外は誰も米が主役となる料理を注文していない。冷やしトマト、チャンジャ、きゅうり、串焼き、まあ串焼きはまだいいとして、みんな夕飯にそういう爽やかすぎて食べたかどうかも忘れてしまいそうなものだけ口に入れて満足できるのだろうか?

聞けば、どうやらお酒と米を共演NGにしているタイプは少なくないらしい。その飲み会では私以外誰もチャーハンを食べようとせず、大きな器に盛られたチャーハンを一時間半かけて消化した。

あれ以来、私は飲み会でお茶漬け以外の米料理を頼んでいない。

さらに私の酒離れを決定付けた出来事があった。酒嫌いな友人との出会いである。友人はごくわずかなアルコールでも体調不良をきたしてしまうらしく、二人でご飯を食べに行く時は居酒屋以外と前もって決まっていた。

その集まりのなんと楽しいことか。夜七時に集合、九時に解散。健全の極みだ。美味しい料理を食べて、もちろん酒は飲んでいないので決して気分が悪くなることはない。それに、酒のせいにして普段は言えない愚痴や本音を語って慰め合うより、すっきりした頭でお互いの趣味や将来の話をした方がずっと幸福だった。


もちろん飲まなければやっていられない時もある。大人になってからは味覚が鈍くなったせいか、苦いとは思いつつ仕方なく飲んでいたビールも驚くほど美味しく感じる。けれど、それは年に数回、時々でいいのだ。

両親と同じように。

おわりに

私、神田澪のデビュー作となる本作『最後は会ってさよならをしよう』をお手に取ってくださった皆様、ありがとうございます。１４０字の中でどんなドラマを作ることができるだろうかと試行錯誤を繰り返し、気づけば長い時間が経っていました。一つひとつの物語を読み進めることで私の創作の軌跡をお楽しみいただければ幸いです。

また本作には１４０字より長い作品も掲載しています。なぜかと言いますと、１４０字の物語は独立した文化の中で書かれているものではなく、短編小説、長編小説、そしてエッセイといった文芸のかたちの一つであるということを感じていただきたかったからです。そのため短編小説など、いくつかの作品を書き下ろしとして加えています。それぞれのかたちにどんな味わい方の違いがあると感じたか、ぜひどこかで私に教えてください。

さて、この本を出版するにあたり、私達の生活を一変させたあの出来事に触れないまま通り過ぎることはできません。２０２０年3月11日、世界保健機関（ＷＨＯ）のテドロス事務局長は新型コロナウイルスの感染拡大に関し「パンデミックと見なせる」と表明しました。既に感染者数が急速に増えていたイタリアでは、この表明の二日前、3月９日から都市封鎖が実施されていました。同月17日にはフランスで、22日にはニューヨークで都市封鎖が開始。日本政府が緊急事態宣言を出したのは4月７日でした。

物語を読んでもお腹は満たされないし病気も治りません。生活の余裕がなくなると一番に切り捨てられそうなものではないでしょうか。けれど緊急事態宣言が出された後、Twitterで発表している私の作品はそれ以前とは比べものにならないほど多くの方々に読まれるようになりました。「いまは大変な時期だから、物語の投稿は控えてもいいかもしれない」とすら考えていたのに、です。私はきっとこの夏を一生忘れることができないでしょう。「外に出られない分、物語を読むことで様々な風景を想像できて癒されています」といった旨の感想を多くいただき、何度も目頭が熱くなりました。救われていたのは私も同じだったからです。当時、離れた地で暮らす家族にも友人にも会えない中、私の物語を楽しみに待っていてくださる読者の方々が心の支えになっていました。それだけではなく、本書の制作にあたっても様々な場面でご協力いただいたことに改めまして厚く御礼申し上げます。

今回は物語を彩る魅力的なイラストをイラストレーターの須山奈津希さんに、素敵な装丁を坂川朱音さんにお任せすることができました。また、創作に関する私の感性を信じて「宝石箱のような本を作りましょう」と声をかけ、今日に至るまで幾度となく励まし続けてくださった担当編集の伊藤さんにはなんとお礼を申し上げていいか分かりません。

そして、たった１４０字の、短くとも夢のある物語を愛してくださったすべての方へ感謝を捧げます。

２０２1年1月　神田　澪

神田 澪 (かんだ みお)

熊本県出身。2017年よりTwitter上で140字ちょうどの物語を投稿し始める。時に感動を呼び、時に切なくなる物語が支持され、フォロワー数は14万人超。人気作は17万いいねを獲得。(2021年1月現在)

X(旧Twitter):@miokanda
Instagram:@kandamio

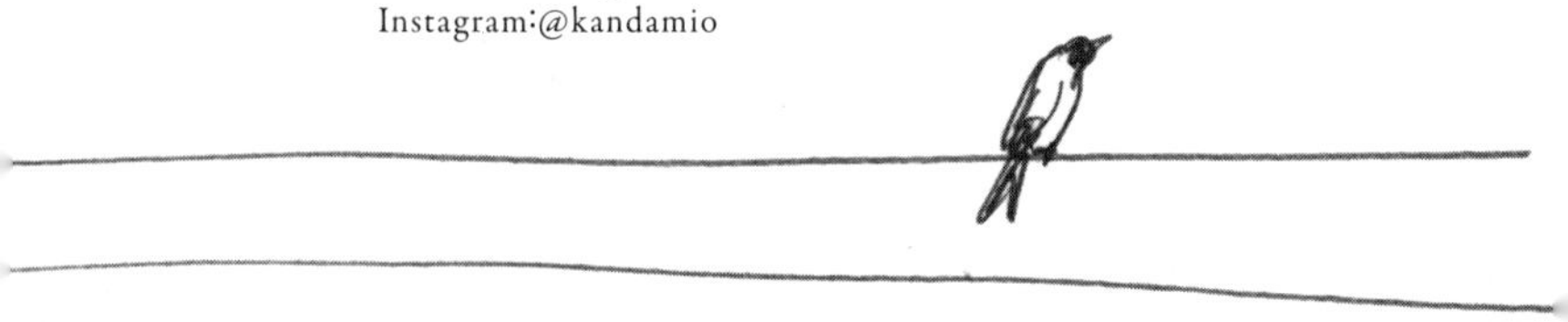

最後《さいご》は会《あ》ってさよならをしよう
2021年 1 月21日　初版発行
2024年 7 月20日　14版発行

著　者　神田《かんだ》 澪《みお》

発行者　山下 直久

発　行　株式会社KADOKAWA
〒102-8177 東京都千代田区富士見2-13-3
電　話 0570-002-301(ナビダイヤル)

印刷所　大日本印刷株式会社

ISBN 978-4-04-604954-4　C0093